D E A R + N O V E L

Spring has come!

月村 奎
Kei TSUKIMURA

新書館ディアプラス文庫

S H I N S H O K A N

Spring has come!

目次

イラストレーション／南野ましろ

Spring has come!

スプリング・ハズ・カム！

瞬間ガス湯沸《ゆわ》かし器と名乗っているくせに、台所の湯沸かしからは凍るような冷水が飛び出してきた。

温まるまで待ちきれず、その心臓がぎんぎんするような水で手を洗う。

目の前の油じみの飛んだガス会社のカレンダーはもう最後の一枚で、サンタの扮装《ふんそう》をしたクマがアホっぽい笑いを振《ふ》り撒《ま》いている。

僕は八つ当たりのように洗った手を振って、クマに水をかけてやった。

十二月という月が、僕はあまり好きではない。

というより、誰もがロマンチックでハッピーな気分になると決めてかかっているような、世間の十二月に向ける目に、なんだか腹が立ってくるのだ。街はイルミネーションで華《はな》やぎ、テレビはなんとか歌謡祭とかバラエティの特番とかでやたら盛り上がっている。

コーコーセーの僕らにとって、十二月と聞いて最初に連想するのは月初めの期末試験のことだ。考えるだけで気が重くなる。

もっとも、すでに推薦《すいせん》で大学合格が決まっている僕には、もう今回の期末試験の結果など関係ないので、それはいいとして。

けれどそれでも十二月は嫌なのだ。どんどん日が短くなっていくのが、陰気くさくて虚《むな》しくなる。

それにこの寒さ。水仕事のツラい季節だ。

……水仕事。十八歳男子の僕が、どうして水仕事のツラさを嘆《なげ》かなくてはならないのか、考えるとやっぱり虚しくなってくる。

「おにいちゃん、コンソメパンチ食べてもいーい？」

台所の入り口から、良太《りょうた》が顔をのぞかせた。

小学四年生の弟は年の割に小さくて、甘ったれた声を出す。

「ダメだよ。またメシが食えなくなるから」

「だって、お腹すいたんだもん」

「今、支度《したく》するから待ってろ」

僕は制服の上着だけを脱いで、エプロンをかけた。いつもこんな調子だ。学校の帰り道に夕飯の買物をして、一休みする時間もなく食事の支度を始める。

僕の人生はいったいなんなんだと言いたくなる。

「なんか手伝おうか？」

「いいよ」

良太に手伝わせると、ろくなことがない。フライの衣つけをすれば、卵と小麦粉を練り合わせて泥んこ遊びのようなことを始めるし、ポテトサラダを混ぜれば、テーブルいっぱいに飛び散らせる。結局、後始末で余計な手間を食うことになる。

「じゃ、せんたくもの、たたむ？」

「いいから、そっちで宿題でもやってろ」

この前洗濯物をたたんでもらったら、親父のシャツの衿《えり》に食べかけのチョコレートをつけて台無しにされてしまった。

僕は邪魔な弟の背中を押して、茶の間に誘導した。

こたつでは、座椅子にもたれたおばあちゃんが相撲《すもう》を見ていた。

「おばあちゃん、良太がちゃんと宿題やるように見張ってて」

「あいよ」

おばあちゃんは、どっこらしょと大儀《たいぎ》そうに身体《からだ》の向きを変え、僕を見ていつものようにため息をついた。

「まったく世も末だね。男が前掛けなんぞかけて、台所に立つなんてさ」

そんな言い草はないだろうとむかついてしまうのもいつものこと。おばあちゃんが元気な時から、僕はしょっちゅう食事の支度を手伝わされていて、そのくせこういうことを言うのだから矛盾《むじゅん》している。

まあ、おばあちゃんに悪気がないのはわかっているんだけど。

ため息のあとには、お決まりの台詞《セリフ》が続く。

「悪いね、私が怪我なんかしたばっかりに、大輔《だいすけ》には面倒をかけて」

その通りだと言える性格だったら、どんなに楽だろう。

しかし僕は「大したことないよ」なんてイイ子ぶって首を振ってしまうのだ。

四年前に両親が離婚して母親が出ていって以来、この家の家事はおばあちゃんが取り仕切ってきた。

そのおばあちゃんが、夏に階段から落ちて大腿骨《だいたいこつ》と左足、そして右腕を折る大怪我をしてしまった。

幸いなんとか回復して退院することができたが、今もまだ右手の自由がきかず、リハビリに通っている。

「それにしても未来《みき》はまた遅いね」

おばあちゃんは時計を見上げて、眉《まゆ》をひそめた。

外の暗さもあいまって、夕方五時過ぎはおばあちゃんにはもう夜という感覚なのだ。

「私が若い頃は、暗くなってから娘が外出するなんてとんでもないことだったよ」

なにかというと、ムスメの頃の話になる。

外出っていったって、中学二年の妹は単に学校に行っているだけだ。

「まったく、こんな時間まで何をやってるんだい」

だからさ、未来が帰ってこないことで、僕に対して詰問《きつもん》口調になったって、仕方がないっていうんだよ。

これもまた、おばあちゃんの特徴《とくちょう》のひとつだ。当人ではなくて、無関係な人間に不服をぶつけてくる。

「部活で忙しいんだよ。もうすぐ演劇部の発表会があるって言ってたし」

「そんなひまがあるなら、女の子なんだからさっさと帰ってきてお勝手をすればいいじゃないか」

それは僕じゃなくて、未来に直接言って欲しいよ。

とはいえ、女だから家事をしろというおばあちゃんの言い分が正しいとも思えない。

未来に対して少しは手伝えよとムカつくこともあるけれど、逆にこんな厄介《やっかい》な苦労を背負いこむのは僕一人で充分という気もする。

「もうじき帰ってくるよ」

厄介ごとを背負いこんだ挙《あ》げ句《く》の果てに、妹まで庇《かば》わなくてはならない自分の長男気質《かたぎ》にうんざりしながら、僕は台所に引き返した。

米は、朝学校に行く前に研《と》いで炊飯器にセットしてある。

今日の献立は生姜《しょうが》焼きとポテトサラダと豆腐の味噌汁《みそしる》。

手伝いも含めれば僕の台所歴はもう四年になる。おばあちゃんがあれこれ作るのを見ていたから、定番のおかずならだいたい目見当《めけんとう》で作れる。

とはいえ、いつになっても料理など好きになれない。

豚肉を調味料につけこみながら、じゃがいもの皮をむきながら、味噌汁のだしをとりながら、どんどんイライラがつのってくる。

どうして僕がこんなことをしなくちゃならないんだ？

こんなことをしている間に、もっとするべきこと、したいことがほかにあるのに。

明日の英語の予習もしなくちゃいけないし、図書館で借りた本も読みたい。

だいたい。本当なら今頃は受験勉強の追い込みに精を出しているはずだったのに。

地元の大学に推薦で進学するのは、正直言って僕の本意ではなかった。本当は、東京の大学に行きたかったのだ。

けれど、身体の不自由なおばあちゃんと、自分の身の回りのことも満足にできない妹や弟を置いて家を出ていくわけにはいかない。

結局、いつも長男の僕がわりを食う。


未来の帰宅を待つうちに、珍しく親父が早々と帰ってきた。久しぶりに家族揃《そろ》っての夕食となった。

「豚肉きらーい」

八時まで待たされてへそを曲げた良太が、生意気なことを言う。

「ちゃんと食えよ」

「だってしょっぱくてカタいんだもん」

「あたしは量が食べられないから、このくらい味が濃い方が食がすすむね。佃煮《つくだに》がわりにさ」

「……フォローになってないよ、おばあちゃん。生姜焼きを佃煮って言われたってさ」

親父はいつものように新聞を読みながら、機械的に箸《はし》を動かしている。おばあちゃんや良太が話し掛けても、「うん」とか「ああ」とか生返事ばっかり。

未来は未来で、テレビの中のアイドル少女たちに夢中になりながら、皿の上の豚肉を三枚おろしにしている。夢見る十四歳は、芸能界に憧《あこが》れているのだ。

僕の視線に気付いた様子で、未来が顔をあげた。

「だって脂身《あぶらみ》が多いんだもん」

「なんだよ、唐突に。別に何も言ってないだろう」

「目が言ってるよ。残さず食べろって」

「わかってるなら食えよ」

「やだ。太るし、脂肪《しぼう》のとりすぎは肌《はだ》にだって悪いんだから」

「気にしすぎだよ」

「お兄ちゃんはいいわよ。色白ですべすべだし、いくら食べても細いし」

それはいったい褒《ほ》め言葉なのか？　言われてもちっとも嬉《うれ》しくないんだが。

「うちに遊びにきた部活の友達だってみんな言ってるよ。お兄ちゃんくらい美人だったら、芸能界入りだってチョロいって」

芸能界はどうでもいいが、部活という言葉で思い出した。

「未来、おまえ最近帰りが遅すぎだよ。いくら部活が忙しいっていったって、もう少し早く帰ってこい」

先程のおばあちゃんの苦情を代弁したのだが。

「まあまあ、大輔、未来ちゃんには未来ちゃんの都合ってもんがあるんだから」

当のおばあちゃんがそこでなぜか未来の味方につくのだから、手に負えない。

僕には色々言うくせに、本人の前では理解あるふりを装いたいのだ。

「お兄ちゃんはいいよね。大学だって推薦で決まってるから、もうヒマだし。だけど私は色々忙しいのよ」

これにはさすがにムカっときたが、

「おにいちゃん、これすっぱいよー」

良太がムンクの絵のような口をして割って入ってくるものだから、怒りの矛先《ほこさき》を削《そ》がれてしまった。

良太の言う「これ」とはポテトサラダのことだった。下味《したあじ》の酢が少々ききすぎていたらしい。

ポテトサラダはマヨネーズで和《あ》える前に酢と塩こしょうで下味をつけておくといいのだ。こんな隠しワザを知っている高校生男子なんて、あまりいないと思う。

「いちいち文句言ってないで食え」

「だってー」

じたばたする良太に、珍しく親父が新聞から顔をあげた。

「良太も未来も、もっとお兄ちゃんに協力しなさい。お兄ちゃんがいなかったら、みんな洗濯もしてもらえなきゃ、メシも食えないんだぞ」

……いや、評価してもらえるのはありがたいんだけど。

そういう評価の仕方は僕にとってもプレッシャーな上に、複雑な気持ちになる。

僕は別に炊事《すいじ》洗濯をやるために存在しているわけじゃないんだけど。

世のお母さんたちは、もしかしたらみんなこんなジレンマを感じているのかもしれない。

多分、四年前に出ていった僕らの母親も。

とはいえ、その憂鬱《ゆううつ》をなぜ十八の若さにして僕が背負わなければならないんだ。

「おにいちゃん」

また甘ったれた声で良太が僕を見上げてきた。

「なんだよ。今度はメシが硬いか？　味噌汁が薄いのか？」

やけになって訊《たず》ねると、良太はふるふるとかぶりを振った。

「そうじゃなくって、あのね、明日図工の時間に紙コップ使うから、持って行かなくちゃならないんだけど、うちにある？」

「……ない。そういうことは早く言えよ」

まったく困ったやつだ。


未来が渋々といった様子で皿洗いを申し出てくれたのだが、また何枚も欠かれると面倒なので手早く僕が片付けて、紙コップを買いに出た。

多分、駅前のコンビニに置いてあったはずだ。

テレビで見る渋谷《しぶや》とか新宿《しんじゅく》とか都会の街は、真夜中になっても人通りが絶えないって感じだけど、地方の街の夜は早い。九時をまわった商店街は、まるでゴーストタウンだ。

九時どころか、たいていの店は七時には閉まってしまう。

葉の落ちた花水木《はなみずき》の街路樹を彩《いろど》る豆電球は、ただでさえまばらな上に、所々が切れていてなんだか貧乏たらしい。人気《ひとけ》のない歩道の侘《わび》しさを、余計に強調している感じだ。

寒さで唇のまわりがごわごわと強《こわ》ばってくる。

冬晴れの夜空にはこれ見よがしにオリオンが輝いていた。

なんとない虚しさが、夜の空気に混じって肺の中を冷たくしていく。

これからまだ最低でも四年間、このうらさびれた街に縛《しば》り付《つ》けられるのだと思うと、やりきれない気持ちになる。

別にとりたてて都会指向が強いってわけじゃない。

ただ、この街で、こうして家族の犠牲《ぎせい》になって生きていくのだと思うと、なんだか自分の人生がとてもつまらないものに思えて、ふと虚しくなってしまうのだ。

もしも両親が離婚しなければ、おばあちゃんが怪我をしなければ、あるいは兄弟のいちばん上なんかに生まれなければ、もっと自由に、自分のやりたいことをやれたはずなのに。

いろんな「もしも」が頭の中を渦巻《うずま》く。

もしもの数だけ自分の可能性をつぶされていくようで、考えれば考えるほど、鬱々《うつうつ》としていくのだった。


イライラがつのるのは家ばかりではない。

放課後の視聴覚室で、僕はあくびをかみ殺しながら腕時計とホワイトボードの間に視線を往復させていた。

「まったく要領が悪いわね。いつになったら終わるのかしら」

隣の席の横山沙里奈《よこやまさりな》が僕の内心の声をぼそりと代弁してくれた。

各クラスの委員を集めたクラス委員会の今日の議題は、冬休みの意義ある過ごし方と、年明けの予餞会《よせんかい》に関するものだった。

送り出される三年生が予餞会の話題に口を挟《はさ》むのもおかしな話なので、三年生の委員はみそっかすといった感じだ。

議事進行の二年生は不慣れな様子でもたもたしていて、一向に話し合いが先に進まない。

三年の委員は、ほとんどが僕と同じようにすでに推薦《すいせん》で大学が決まっている連中ばかりなので、みんな昼寝を決め込んだり、ゲームをやったりしている。顧問《こもん》の教師も、さっきから椅子で腕組みをしたまま舟を漕《こ》いでいる有様《ありさま》だ。

「もー、あのもたくさぶり、見てられないわね。ひとこと言ってやろうかな」

気の短い沙里奈が腰を浮かすのを、僕は横から引っ張って止めた。

「やめろって。一生懸命やってるのに、かわいそうだろう」

沙里奈はくっきりとした切れ長の目におどけたような表情を浮かべてこっちを見た。

「ほんと、やさしいよね、鈴木《すずき》はさ」

「面倒を起こすのが嫌いなんだよ」

「うそうそ、やさしいのよ。無愛想《ぶあいそう》なくせにお人好《ひとよ》しっていうかさ」

「…………」

「この時期にクラス委員なんか引き受けちゃうくらいだし」

「そっちだって同じだろう」

「女子はじゃんけんだったから、否応《いやおう》なしよ。男子は話し合いだったんでしょ？」

「選出の時点で進路が決まってたのが俺だけだったんだから、仕方ないだろう。俺が断れば、誰かが面倒を背負いこむことになるんだし」

「ほら、そういうのをお人好しっていうのよ」

お人好しとは微妙に違う。僕だってできることなら断りたかったのだ。けれど、誰かが大変な思いをしているのを後ろめたい気持ちで見ているよりは、自分で引き受けて文句を言っている方がなんとなく気が楽なのだ。

「まあさー、鈴木がモテるのもよくわかるよ。その人のよさと、その美人ぶりと、そのかしこさだもんね」

「……人を茶化して楽しいか」

「茶化してないよ。マジでうちの部の後輩なんか、鈴木さん鈴木さんって大騒ぎよ。まあ私は自分より背の低い男なんて眼中にないけど」

「一七二センチの大女に言われたくねえよ」

「私は普通よ」

そんなはずあるかよ。

「だけど、お料理が出来るっていうのは、ポイント高いよね」

高校三年間同じクラスの沙里奈は、僕の家庭の事情も大体のところは知っている。

「鈴木家の昨夜《ゆうべ》のご飯はなんだったの？」

「…肉じゃがとけんちん汁」

「肉じゃが！　けんちん!!　すごいよ鈴木、男のカガミだね。私なんか目玉焼きも作ったことないよ」

僕は胡乱《うろん》に沙里奈を見やった。

「ホントに女か？　そんなんじゃ嫁《よめ》の貰《もら》い手《て》がないぞ」

沙里奈は偉そうに腕組みして、ふんと鼻をならした。

「何ふざけたこと言ってるのよ。モノじゃないんだから、貰われたりなんかしたくないわよ。だいたい、家事能力で結婚を考えるオトコなんて、こっちからお断りよ」

「……もう勝手にしてくれ」

「言われなくても勝手にするわよ。私ね、イヤなことはやらない主義なの。家の手伝いだって、断固として断ってたらもう親も何も言わなくなって面倒なことはぜーんぶおねえちゃんにいくようになったし」

「スバラシイ主義だな」

「ありがとう」

褒《ほ》めちゃいねーよ。

「で、奥様。今晩のおかずは何ですの？」

ケロリとした様子で、好奇心むきだしに訊《たず》ねてくる。

僕は腕時計に目を落とした。つられたように沙里奈が、表の闇を映《うつ》して黒い鏡と化した窓ガラスに目をやった。

「っていうか、これ以上委員会が長引くと、夕飯の支度《したく》に支障をきたすんじゃないの？」

その通り。銀行に寄って生活費を補充して、買物をして帰ると、かなり際どい時間になってしまう。良太《りょうた》がまたぐずぐず言うに違いない。

「やっぱりさっさと終わらせてくれるように、ひとこと言ってあげるわ」

再び立ち上がりかけた沙里奈の足先を、僕は軽く蹴飛《けと》ばした。

「やめろってば。どうしてそう短気なんだよ」

「なによー。私は鈴木のためにー」

「いいから座っててくれ」

とは言うものの、僕もさすがにイライラしはじめていた。

こんな日に限って、買い置きの食材がほとんど底をついている。

帰ってすぐ出来るものっていうと、親子丼かな。だけどあれも帰り時間がまちまちだと作りにくいし。

「ねえ、鈴木」

「いいから黙って座っててくれ」

「そうじゃなくて、おいしいお惣菜屋《そうざいや》さん知ってるんだけど、帰りに寄っていかない？」

「惣菜屋？」

胡散臭《うさんくさ》い気分で僕は問い返した。

どうも僕は既製品のおかずを買うというのが性《しょう》に合わない。仕事をしていた母親が出来合いのものを買ってくるたび、おばあちゃんが眉《まゆ》をひそめてぶつぶつ言っていたのが、子供心にすり込まれているのかもしれない。

出来合い＝手抜き、手抜き＝悪いことという回路が、頭のなかに出来上がっているのだ。

元々、何でもきっちり自分でやらないと気が済まない性格ということもあるし。

そうでなくても、既製品の惣菜は味が濃いし、毎日食卓に並べるには割高だ。

「店長が幼なじみなんだ」

「そんな若いヤツがやってるの？」

ますます胡散臭い。

「幼なじみっていっても、五つ年上だよ。近所のおにいちゃん」

「ふうん」

「マジですっごくおいしいんだよ。うちのママなんて週に三回くらい、なにか買ってくるよ。

ママが作るのよりぜんぜんおいしいし」

あまり気乗りがしなかったが、これ以上遅くなるようなら、何か出来合いのものを買って帰ってしまう方が無難かもしれない。

六時すぎ、委員会終了とともに、僕らはそそくさと席を立った。

視聴覚室を駆け出そうとしたところで、顧問の教師から呼び止められた。

「大学、決まったそうだな。おめでとう」

「ありがとうございます」

二年三年と数学の教科担任だった教師にぽんぽんと肩を叩かれて、僕は愛想《あいそ》笑いでお礼を言った。

「しかしあれだな、ちょっともったいない気もするなぁ。鈴木の成績だったら、ひょっとすると早慶《そうけい》だって狙《ねら》えたんじゃないのか？」

「…………」

「もっとも、それだけの成績を残したからこそ、推薦枠にも入れたわけだしな。まあ、とにかくおめでとう。よかったな」

「ちぇっ。私も言われてみたいよ。おまえなら早慶狙えるぞ、なーんてさ」

立ち去る教師の後ろ姿を眺《なが》めながら、沙里奈が茶化してきた。

僕はといえば、先生の無神経な一言で、うっそりといやな気分になっていた。

好きで地元の大学に行くわけではないのだ。そんな言い方をされたら、ますます未練と悔《くや》しさがわいてきてしまうじゃないか。

家のしがらみさえなかったら、東京の一流大学にだって行けたかもしれない。そうしたらこんな田舎町《いなかまち》は出ていけて、まったく違った人生を送れたかもしれないのに。

商店街は私鉄の駅を挟《はさ》んで南と北に分かれている。

僕が普段買物をするのは家の近くの北口商店街だが、沙里奈に連れていかれたのは南口の方だった。

南と北はせいぜい百メートルほどの距離なのだが、間を線路が仕切っていて、長い歩道橋を渡らなくてはいけない。

線路を境に学区が変わるせいもあって、近いにもかかわらず南は子供の頃から馴染みの薄い場所だった。

北に比べて飲み屋やカラオケショップなど深夜営業の店が多い。……多いと言ってもたかがしれてるけど。

シャッターをおろし始めている靴屋の隣にはいきなり「ランジェリーパブ」とかいう看板があったりする。ショボいネオンの傍《かたわ》らでは客引きらしいスーツのオニイチャンが寒そうに足踏みしながら、獲物を物色《ぶっしょく》している。

美観のかけらもない、こういうたそがれた街並みを眺めていると、この冴《さ》えない街がますます嫌いになってくる。

「どこ見てるのよ」

沙里奈が強引に僕の腕を引っ張った。

「何がだよ」

「やあね、男って」

「何言ってるんだよ」

くだらない言い争いをしているうちに、魚屋と八百屋が隣り合った一角に着いた。

いかがわしい店の客引きとはうってかわった健全な声で、魚屋のおじさんが客に刺身をすすめている。

「ここだよ」

沙里奈が近付いて行ったのは、その魚屋の隣の小さな店だった。

「ここって定食屋じゃなかったっけ？」

ずいぶん前に通ったときの記憶だけど。

「うん。何年か前にお店の半分をお惣菜屋さんに改装したの」

言われて見れば、並びには「かみや」という定食屋ののれんがすすけた風情《ふぜい》でかかっている。

惣菜屋の方は、同じ「かみや」の店名がとってつけたようなグリーンの日除《ひょ》けに綴《つづ》られている。

しかし「半分」と沙里奈は言うが、実際のところ惣菜屋の間口は僕が両腕を広げたほどしかない。奥行も似たようなものだ。

その小さな店の中に、おかずがひしめきあっている。

間口の狭《せま》さが幸いなのかそれとも災《わざわ》いしているのか、店は四人の客でもういっぱいで、やたら混雑しているように見えた。

僕はなんとなく、昔うちの近所にあった、時代の遺物のような駄菓子屋を思い出した。

「よう、沙里奈。久しぶりじゃん」

接客をしていた店主らしい男が声をかけてきた。やたら張りのある、陽気な声だ。

第一印象は、とにかく若いという感じだった。

沙里奈から年は聞いていたけれど、それにしてもなんとなく、惣菜屋の店主というと無意識に、血色のいい角刈りのおじさんとか、でっぷりしたかっぽう着のおばちゃんとかを想像してしまう。

目の前の男はひょろっとやせた長身で、この寒いのにエプロンの下はチェックのシャツ一枚という格好だ。書店とかビデオ屋とかのバイト店員っていう感じ。

一重目《ひとえめ》の簡素な顔は、真顔が笑顔って感じで、僕とはまったく正反対のタイプに見えた。

「沙里奈んとこ、今晩は肉じゃがだぜ。さっきおばさんがお買い上げくださった」

「あ、ホント？　ママ来たんだ」

「おう。相変わらず美人だったから、おまけしといた」

「また耕平《こうへい》さんはすぐそういう調子のいいこと言うんだから。あんな化粧っけもないようなオバサンつかまえて」

「いやいや、ママさんバレーで鍛《きた》えたおばさんの美しさには、化粧なんか不要だぜ。スッピンでもベッピーン！　なんつってー」

……なんなんだよ、このオヤジギャグ男は。

おまけにまわりにいたお客のおばちゃんたちは、

「まったく面白《おもしろ》いよ、耕ちゃんは」

「座布団一枚」

などと大ウケで、濁音《だくおん》の笑い声が北風の吹く夕闇の歩道に響き渡った。

昼時のみのもんたの番組を思い出す光景に、思わず背筋がぞくぞくしてくる。

「そんなわけだから、沙里奈はデザートでも買ってくか？　ふかしいもが残りわずかだよ」

「私はいいの。今日はお客さん連れてきたのよ。同じクラスの鈴木大輔《だいすけ》」

「おー、実はさっきからビミョーに気になってたんだよ。とうとうおまえも色気づいたか。しかし意外に面食いだったんだな、沙里奈」

「……鈴木、このうるさいのが神谷《かみや》耕平さん」

「あ、どーも。平らに耕す耕平でーす。沙里奈のカレシじゃ、オマケしとくよ」

悩みなど何一つなさそうな、陽気な笑顔。僕のいちばん苦手なタイプの人間だ。

「ちょっと耕ちゃん、こっちもおまけしとくれよ」

横から先客が声をかけてきた。

「あ、ごめんごめん。おばちゃん、今日は何にする？」

「おすすめはなんだい？」

「今日はさばみそがいいよー。このところゴマサバばっかりだったけど、今日はいいマサバが入ったんだ。あとは里芋《さといも》とイカの照煮《てりに》かな」

「じゃ、それ二人前ずつ」

「まいどー」

陽気なやりとりを聞きながら僕は店内をぐるりと見回した。

スーパーの惣菜売場とは違って、随分《ずいぶん》雑然とした印象があるのは、陳列皿のせいらしい。

ずらりと並んだ大皿やトレーは統一感がなく、てんでばらばらだった。

おまけに、ほうれん草のごまあえはすり鉢《ばち》に、がんもどきの煮物は使い込んだ鍋《なべ》に、ジャガ芋のごろごろ入ったお好み焼きのようなオムレツはフライパンに、といったふうに、調理器具のまま並べられたものも結構ある。

すごい手抜きだよなぁ。まあその手抜きの盛り付けがかえっておいしそうに見せていたりするんだけど。

それぞれの惣菜には、薄っぺらい板切れみたいな手書きの値札がささっている。

『マジ美味《びみ》！　筑前煮《ちくぜんに》　一〇〇g　二五〇円』

『激ウマ！　だし巻き卵　一本　五二〇円』

などなど。

節操のないあおり文句からしても、そのでかでかとした文字からしても、この男本人の手書きなのがよーくわかる。

時間が時間なので、惣菜のほとんどが残り少なく、すでに値札が倒されているものもあった。

沙里奈がフライパンを指差した。

「耕平さんのスパニッシュオムレツは絶品だよ。揚《あ》げたジャガ芋がさくさくして、きっと弟さんたちも好きな味だと思う」

「…これ、全部あの人が作ってるの？」

僕は油でもなめたようにぺらぺらとおばさんたちの相手をしている能天気男の方にあごをしゃくった。

並んだ惣菜は二十種類ほどはありそうだった。

一応、毎日台所に立っている僕には、筑前煮一品だけでもどれほど手がかかるかよくわかる。

「半分は隣の食堂でお父さんとお母さんが作ってるのよ。六時までは、パートの女の人も二、三人いるしね」

「ふうん」

そんなやりとりをしていたら、店の外から派手な音が聞こえた。

振り向くと、小学生の男の子が自転車のまま引っ繰り返っていた。

どうやら店の前に駐輪してあった自転車にぶつかったらしく、数台が将棋倒《しょうぎだお》しになっている。

惣菜の包みで両手がふさがっている能天気店主以外に、店のなかにいる男は僕だけだった。

「ちょっとこれ持ってて」

沙里奈にカバンをあずけて、僕は店の外に出た。

「大丈夫？」

もがいている男の子を引きずり起こした。怪我はなさそうだった。

通行人の視線を浴びて、男の子は恥ずかしそうにうつむいたまま小さくうなずいた。動転した様子で、倒れた自転車たちを起こそうとする。

「いいよ、俺がやっておくから」

男の子はもう一度小さくうなずいて、逃げるように走り去っていった。

自転車を元どおりにして店の中に戻ると、神谷耕平が細い目をますます細くしていた。

「かーっ、いい子だねぇ、大ちゃん」

……勝手に人をあだ名で呼ぶなよ。

「やさしい子って好きだよ、おじさんは。おまけしちゃうよ」

アホか。

そもそも、僕はやさしさや思いやりで手を貸したわけじゃない。いわばしみついた長男気質《かたぎ》というやつだ。

うちではとにかく、おばあちゃんのことも、親父のことも弟妹の面倒も僕が見なくてはならない。その世話焼きの癖《くせ》が、思わず出てしまうだけのことだ。

善意などせいぜいあっても一割で、残りの九割は習慣と義務感から渋々やっていることにすぎない。

僕は自分のそういう性質に、かなりうんざりしているのだった。それを褒められたりすると、偽善を見透かされたようでなんだかいやな気分になる。

「これ、試食してみて。絶対元気の出る味だから」

神谷耕平は、ひじきの煮物を無造作にビニール袋に取り分けて、鼻歌混じりにくるくると口を結んだ。

働く姿があまりに楽しそうなので、なんだか腹が立ってきた。

いつもは割と外面《そとづら》はいい方なのだが、お礼を言う口調がなんとなくぶっきらぼうになってしまった。

「お兄ちゃんっ」

家まであと数メートルというところで、後ろから未来《みき》の自転車が追い越してきた。

「今帰り？　お兄ちゃんにしては遅いね」

「……おまえはいつも通り遅いな」

「だってー、今部活がめちゃめちゃ忙しいんだよ。声、がらがら」

自転車の上で陽気に発声練習を始める。

「お兄ちゃんもたまには夜遊びしてくればいいのに。大学だってもう合格しちゃってるんだし」

「…………」

「ねえ、お兄ちゃんが今帰りってことは、ごはんがまだ食べれないってことだよね？　そうと知ってれば、もうちょっとゆっくりしてきたのに」

「言ってることが矛盾《むじゅん》してるんだよ、おまえは」

自分勝手な妹にむかつきながらも、結局こういうのはわがままを言える人間の勝ちなのだと、諦《あきら》めの気分で玄関をあけた。

案の定、良太がばたばたと飛び出してきて口を尖《とが》らせた。

「おにいちゃん、オレ、もうおなかペコペコだよ」

「ああ、悪かったな」

……なんで僕が謝らなきゃならないんだか。

茶の間ではおばあちゃんが人生相談番組に身を乗り出していた。

「ただいま。遅くなっちゃってごめん」

「ああ、お帰り。悪いね。洗濯物を取り込もうと思ったんだけど、身体《からだ》がいうこときかなくってさ」

「いいよ。あぶないからあんまり無理なことしないでよ」

この上また転んでどこかを痛めたら、僕の負担は増えるばかりだ。

……おばあちゃんの身体のことより、それによって自分に皺寄《しわよ》せがくることに、まず無意識に考えがいってしまう。みせかけとは裏腹なそんな自分の薄情さにいやな気分になるのはいつものことだ。

ベランダの洗濯物は夜露にあたって冷えきっていた。

「お兄ちゃん、寒いよ。早くベランダ閉めてよ」

トレーナーに袖《そで》を通しながら部屋から出てきた未来が、また勝手なことを言う。

「それ、たたむの？」

無造作に洗濯物を受け取ろうとするので、僕は眉をしかめて断った。

「湿気を吸ってるから、乾燥機にかけてからじゃなきゃしまえないよ」

「いいじゃん、そんなのだいたい乾いてれば。お兄ちゃんってマジで神経質だよね」

「おまえがいい加減すぎるんだよ」

「おにいちゃーん、フライパンかきまぜるの手伝うよ」

もう一人の役立たずが、夕食を待ちきれない様子ですり寄ってきた。

「今日はおかずを買ってきちゃったからいいよ」

そうでなくても、良太の手伝いは遠慮《えんりょ》したい。

「え、買ったおかずなの？」

「なあに？　珍しいね」

良太と未来が、興味津々《しんしん》といった様子で、身を乗り出してきた。

僕は惣菜の包みをテーブルの上に広げた。

鯖《さば》と鶏《とり》の唐揚《からあ》げとスパニッシュオムレツ、ポテトサラダ、それにサービス品のひじきの煮物。経費節約のためか、惣菜はどれもトレーやパックではなく、ただのビニール袋に無造作に放りこまれている。

僕は惣菜を皿に取り分け、今朝《けさ》作った味噌汁《みそしる》をあたため直した。

親父は今日も遅いようなので、僕たちは先に食べてしまうことにした。

「ん、これなあに？」

唐揚げを一口食べた未来が、怪訝《けげん》そうに箸《はし》の先を眺めた。

「サバだよ。おまえの大嫌いな」

おばあちゃんに向くかと思って買った一品だ。

「え、うそ。これおいしいよ。これなら全然食べれるよ」

未来は嬉《うれ》しげに箸を口に運んだ。

「おにいちゃん、このサラダおいしいね」

良太はポテトサラダが気に入った様子で、そればかり食べている。

サラダは確かにおいしかった。薄くなく濃くなく、程よい下味がついている。

「これはまたハイカラでおいしいね」

おばあちゃんのお気にいりは、意外にもスパニッシュオムレツだった。ケーキのように三角形に切り分けたボリュームのあるオムレツに、おばあちゃんは酢じょうゆをつけて食べている。

「たまにはこういうのも目先がかわっていいね」

「ホントホント」

「オレ、毎日このポテトサラダがいいなー」

いつになく盛り上がる食卓で、僕は複雑な気分になった。

こんな出来合いのもので満足してるなんて、みんな味覚がおかしいんじゃないのか？　こんなもので満足だっていうなら、毎晩メシの支度をしている僕の立場はどうなるんだ？

いや、あるいはこんな家族でも、普段僕にかけている負担を少しは申《もう》し訳《わけ》なく思っていて、たまには出来合いの惣菜でもいいんだよ、という意味で、おいしいと言ってみせているだけかもしれない。

自分を正当化する考えが次々と頭に浮かんできたが、実際のところ、この弟妹たちがそんな複雑な思考回路を持ち合わせているはずがないことは、僕が誰よりよく知っていた。

結局、バランスのとれた惣菜の味についつい僕も箸がのびてしまい、皿はあっという間に空《から》っぽになってしまったのだった。

五時を回ったばかりなのに、通りはもう夜の暗さだった。十二月というのは本当に日が短い。

飲み屋の看板にさり気なく身を隠して、僕は「かみや」を観察した。

ちょうど夕飯の買物時で、絶え間なく買物客が出入りしている。店のなかに例の店主の姿はなく、パートっぽい女の店員さんが二人、忙しそうに動き回っていた。

この間買った惣菜《そうざい》の数々がなかなかおいしかったので、癪《しゃく》に障《さわ》るがついまた店に足が向いてしまった。出来合いのものばかりを食卓に並べるのは気が引けるが、一、二品を買ったもので済ませられれば、夕飯の支度《したく》は随分《ずいぶん》楽になる。

けれど僕はどうもあの陽気で軽薄そうな店主が苦手なのだ。一度会っただけでも、そりの合わない人間というのはすぐわかる。

その店主の姿が、今日は見当たらない。

ラッキーとばかりに、僕は急いで通りを渡った。

財布を取り出しながら店の前まで行ったとき、食堂の方の入り口が勢いよく開いた。のれんをかきわけて出てきたのは、当の神谷耕平《かみやこうへい》だった。

僕は反射的に目を逸《そ》らし、さりげなく通行人を装《よそお》った。

「ありゃ、大《だい》ちゃん？」

しかし客商売だけあって、相手は目ざとく一度会ったきりの僕の顔を見分けて声をかけてきた。

「また買いにきてくれたの？　嬉《うれ》しいなぁ」

「……通りすがっただけです」

「まあそう言わず覗《のぞ》いていってよ。今日はいい大根が入ったから、タコと卵と煮あわせたんだ。むちゃくそうまいよー」

耕平さんは「どうぞ」という手振りで僕を店の中に促《うなが》し、『本日のチョーおすすめ!!』とかいうふざけた札の立った大鍋《おおなべ》を指差した。

こっくりした煮汁の中に、いかにも味がしみてそうな大根と卵がひたっている。

思わず腹が鳴りそうになった。

このうえまだ通行人のふりをするのも面倒だ。さっさと当初の目的を果たし、立ち去ることにした。

「じゃ、それください。四人分くらい。それからポテトサラダ」

「あ、サラダ気に入ってくれたんだ？」

耕平さんはいかにも楽しげに、れんげの親玉みたいなスプーンでポテトサラダをビニール袋に取り分けた。

「うちのサラダは、マヨネーズだけじゃなくて、隠し味をきかせてあるんスよ、お客さん」

「……材料が熱いうちに、酢と塩こしょうで下味《したあじ》をつけるんでしょう」

主婦でも、マヨネーズだけであえればいいと思っている人がいるらしいけど、僕にはちゃんとそのくらいの知識はある。

つんつん答えると、耕平さんは目を丸くした。

「すげー。最近の若いモンにしちゃ珍しく物知りだね」

……じじくせー。自分だって若いモンじゃないか。

とはいえ、感心されてまんざらでもない僕だった。

「時間の関係でこういうの買っちゃったりもするけど、一通りのものは自分で作りますから」

「へえ。料理好きなんだ」

「大嫌い」

同志を見つけたかのごとく楽しげな相手に、僕は何もそこまでってくらいきっぱりと返した。

耕平さんは細い目をしばたたかせた。

「嫌いなのにやるの？　新しい宗教かなんか？」

そんな宗教があるかよ。

「うちは母親がいなくて、俺が長男だから仕方なく、です」

なんだか余計なことを言ってしまった。

「いくらですか？」

「ほいほい。えーと、一四四九円」

千円札を二枚渡すと、耕平さんはじゃらじゃらとエプロンのポケットを探り、五百円と百円の硬貨を返してよこした。

「……多いですよ、おつり」

「端数《はすう》はおまけ」

ありがたいことなのに、この男にやられると「調子のいいヤツ」と反感を覚えてしまうのはなぜなんだ。

「そうそう、あのさ」

小銭を財布に戻すのももどかしく店を出ようとすると、耕平さんに呼び止められた。

「なんですか?」

「さっきのポテトサラダの話だけど、目見当《めけんとう》で下味つけるのって結構難しくない?」

いきなり言いあてられて、僕は胡乱《うろん》に耕平さんを見返した。

確かに、作るたびに良太《りょうた》がすっぱいの薄いのと勝手なことを言っている。

「オレもあれの味を決めるのって苦手なんだよ。で、うちでは秘密兵器を使ってるんだ。特別に教えてあげようか?」

教えてくれとも言っていないのに、耕平さんは秘密めかした笑みを浮かべて、身を乗り出してきた。

「ドレッシング」

暗号でも告げるように、低音の響きのいい声でつぶやく。

「……ドレッシング?」

「そう。一番フツーのフレンチドレッシングあるじゃん? あれを適当にかけるの。あれって酢と塩のバランスがちょうどよく出来てるから、多少分量が狂っても、味が尖《とが》ったりしないんだ」

なるほどそうかと思う反面、知ったかぶりのアドバイスがなんとなく癇《かん》に障った。

だいたい僕は、人から何かを教えられるということが好きじゃない。

「どうもご親切に」

我ながらイヤなヤツって感じの皮肉っぽい口調になってしまったのだが、耕平さんは全然気にしたふうもなく、にこにこしている。

「どういたしまして。またわかんないことがあったら何でも聞いてよ。料理のことならおじさんが手とり足とり教えてあげるから」

「やだよ耕ちゃん、そういうのをセクハラっていうんじゃないのかい」

そばにいた買物客のオバサンが、ずけずけと会話に割り込んできた。

「人の親切に水を差さないでくださいよー。だいたい、セクハラっていったらフツーこうでしょ」

ぽんぽんとオバサンのお尻を叩き、それにたいしてオバサンは「やめとくれよ」とか言いながら、まんざらでもなさそうに肩を揺すって笑い転げている。

こんなつまんないことで笑って満足してる人生というのが、僕には信じられない。

生活感のあふれる賑《にぎ》わしい店に背を向けて、僕はさっさと家に向かった。

家に帰ると、おばあちゃんが不機嫌そうな顔で僕を出迎えた。

「未来《みき》は今日もまだ帰ってこないんだよ」

「もう帰ってくるよ」

僕は適当にとりなし、夕飯の材料をテーブルに並べた。

良太はテレビゲームに没頭《ぼっとう》していて、僕の帰宅にも気付いていない様子だ。

「まったくしょうがないね、未来は」

「あいつも色々忙しいんだって」

「あんたがたの母親もそうだったよ」

おばあちゃんは不穏なことを言い出した。

「遊び好きでさ。付き合いだなんだって言って、真夜中まで飲み歩いて」

確かに僕らの母親というのは、家事よりも外で働くことが好きな人だと、子供心に感じていた。

僕たち兄弟は、ほとんどおばあちゃんに育てられたようなものだ。

だから母親が僕らを置いて出ていった時にも、淋《さび》しさよりも「勝手な親だ」という腹立ちを感じたくらいだ。

けれど今になってみれば、両親の離婚は百パーセント母親のせいばかりとは言えない気がしてきた。

母親の悪口を息子の僕の前で深い考えもなく口にする、ちょっと無神経なおばあちゃんや、家のなかのことにはまるで無関心な親父の態度とか、そういうのが母親には我慢ならなかったのかもしれない。

「未来はきっと母親の血を受け継いでるんだよ」

……まだ言うか。

「おばあちゃん、そういうことを未来や良太の前では絶対に言わないでよ」

僕が注意すると、おばあちゃんは傷ついたような目で非難がましく僕を見た。

「わかってるよ。どうせおまえも私のことを厄介《やっかい》な意地悪ばあさんだと思ってるんだろう」

「何言ってんだよ」

「こんな身体で役にも立たずに、厄介ばっかりかけてさ。ああ、長生きなんかするもんじゃないね。ロクなことがない」

……なんでそこまで考えが飛躍するんだか。

「おばあちゃんが俺たちを育ててくれたんじゃん。長生きしてくれなくちゃ困るよ」

僕は笑顔でおばあちゃんをなだめた。

「未来にはホントに俺からよく言っておくから、あまり色々考えないでよ。もっと気楽に、身体を治すこととか考えてさ」

いつもながらホントに疲れる。自分が悪いわけでもないのに愚痴《ぐち》をこぼされたり、これ見よがしにいじけられて機嫌をとらされたり。

悪気のないことほど始末に負えないものはない。

なんでこんなことで人生をすり減らしているんだろう。

僕にはもっとするべきこと、いるべき場所があるはずなのに。


『冬休みっていうけど、主婦には休みなんてないわよねぇ』

『本当ね。早く休みが終わってくれればって思うわ』

おばあちゃんが見ているワイドショーでは、主婦を売り物にしたタレントが所帯染みたトークを繰り広げている。

まったくその通りだと、僕は十八歳にして主婦の心理に共感してしまう。

冬休みに入ってからというもの、普段にもまして家のことに時間をとられている。

良太《りょうた》が友達をつれてきてはゲームのソフトやマンガ雑誌を部屋中に散乱させるし、余暇《よか》の過ごし方というものを全く知らない仕事人間の親父は、ノートパソコンを広げて書類と本に埋《う》もれている。

雑然とした状態が我慢ならない僕は、それを片端から片付けて回り、日々はそんなことの連続で無益《むえき》に流れていってしまう。

普段は朝夕だけの食事の支度《したく》も、家族が家にいる冬休みには三食作らなくてはならない。

「ねえ、おにいちゃん、よっちゃんちは冬休みにハワイに行くんだって」

片付けをする僕につきまとって、良太が甘えたような声をだす。

「ふうん」

「でねでね、山《ヤマ》んちは、温泉に行くんだって」

「へえ」

「ねえ、うちはどこにも行かないの？」

「そういうことは親父に訊《き》け」

「だってー、お父さんは話しかけてもちっとも返事してくれないんだもん」

まったく。無責任な親父め。

「ねえねえねえー、おにいちゃんがどっか連れていってよー」

「おばあちゃんの怪我が治ったらな」

「え、いつ治るの？　いつになったら温泉に行ける？」

うるさい。いついつって、そんなのこっちが聞きたいよ。

いつになったら僕はこの家族のしがらみから逃《のが》れられるんだ。

イライラしながらフリースのパーカーをひっかけ、財布をポケットにつっこんだ。

「おにいちゃん、どこ行くの？」

「昼飯の買い出し。ちゃんと留守番してろよ」

表は明るく晴れて、風が刃物《はもの》のように冷たかった。

銀行の前には、もう青々とした門松《かどまつ》が飾られている。

そういえば正月飾りをまだ買っていなかったと、また所帯染みたことを思い出した。ちゃんと用意しておかないと、おばあちゃんがぶつぶつ言うのだ。

僕は自転車を押して駅前の歩道橋を渡り、南口に出た。向かう先は「かみや」だ。

いくら僕が手抜きが嫌いといっても、休み中に毎日三度の食事の支度をするのはさすがにうんざりしてしまう。僕には僕の用事もあるし、一食くらいは買ったもので済ませないとやっていられない。

その後、何度かスーパーの惣菜《そうざい》も試してみたのだが、どれも一度食べると飽《あ》きる味ばかりで、二度と買う気にはならなかった。

だいたい、パックの裏のシールに「ソルビット」とか「赤色二号」とか延々と添加物表示が書いてあるのを見ると、それだけで食欲がなくなる。

どうしてポテトコロッケに赤色二号が必要なんだ？　衣のきつね色を演出するために使うのだろうか。誰もありがたがらないと思うんだけど。

そんなこんなで、最近はすっかり出来合いの惣菜に詳《くわ》しくなってしまった。

昼飯くらい、本当はファストフードやパンで済ませてしまいたいところだが、おばあちゃんと親父はご飯しか食べないのだ。

そんなわけで、店主の軽そうな雰囲気《ふんいき》に反感を抱《いだ》きながらも、味は抜群《ばつぐん》においしいかみやについ足が向いてしまうのだった。

時間が早いせいか、今日のかみやは割と空《す》いていた。

値札を書いていた耕平さんは僕の気配にぱっと顔をあげ、接客スマイルを浮かべた。

「毎度どうも。今日も寒いね」

「冬なんだから当たり前でしょう」

どうもこの人を前にすると、言わなくてもいいような減らず口を叩いてしまう。

まるで反抗期の子供のような自分の態度に少々きまり悪さを覚えながら、僕は棚《たな》に目を走らせ、ぼそぼそと注文を口にした。

「ロールキャベツと、さばの煮付けを五個ずつください」

「ハイハイ」

相変わらず、なんでもかんでもビニール袋に詰めていく。

「パック用の容器代、ケチッてるんですか」

ああ、また反抗期の口が余計なことを。

くるくるとビニール袋の口をひねりながら、耕平さんは吹き出した。

「いやぁ、そう言われちゃうと身も蓋《ふた》もないんだけどね。一応ポリシー持ってやってることなんだ」

「ポリシー？」

「プラスチックとか樹脂《じゅし》のトレーで包装すると、そのまま食卓に並べる人が出てくるでしょ？　それってあまりに味気ないから、皿に盛らざるをえないように、ビニール袋に入れるわけ」

そういえば、僕もまんまと皿に出してる。

「一生懸命作ったものだから、やっぱりおいしく食べてほしいし」

そんな深い理由があったのかと、僕は不覚にも感心してしまった。

「というのは表向きで、まあ半分はやっぱり経費節減が目的だったりしてー」

細い目で陽気に笑う。

「そういえば、大《だい》ちゃん、沙里奈《さりな》と同級生だったよね。受験勉強の追い込みで、今、大変なんじゃないの？」

余計な一言のせいで、感心は一気に盛り下がった。

客商売の人たちは、一度来た客を覚えていて、こういう個人情報でお世辞を言ったりすることもサービスのひとつだと思っているのだろうけど、それこそ余計なお世話というものだ。

「別に大変じゃないです」

「おおっと、ラクショー？　優秀なんだね、大ちゃんは」

大ちゃん大ちゃんって親しげに呼ぶなよ。

「もう大学は決まってますから」

「あ、そうなんだ。おめでとう」

「別にめでたくなんかないですよ。イヤイヤ行くんだから」

「え、なんで？」

「ホントは東京の大学に行きたかったのに、家の犠牲《ぎせい》になって地元の三流大に行くんです。だから全然めでたくない」

ああ、何を言ってるんだ、僕は。こんな商店主相手に。

「そうかぁ。大変なんだなぁ、大ちゃんも」

相手があまり素直に同情をみせるので、逆にバカにされたようで腹が立ってきた。

「こんなものも商品になるんだ」

僕はぼそっと店頭のふかしいもに八つ当たりした。

初めて来たときから、気になってはいたのだ。

焼《や》き芋《いも》でもなんでもない、ただのふかしいもが、店頭でデーンとスペースを占領しているのが。

おばあちゃんが怪我をする前には、よくおやつにふかしてくれて「ゲッ、またただのイモか」とげんなりしたものだ。

　こんなものが商品になるという感覚は、年寄りと同居している人間には理解できない。

「こんなものとは失礼だな。うちの売れ筋商品なんだよ」

　耕平さんは笑いながら言った。

「ただのふかしいもでしょう」

「ただじゃ商売になんないでしょ。一個一八〇円」

「……くっだらねーオヤジギャグ」

「いやいや、しかしただのいもって言っても、色々工夫してあるわけよ。時期によってうまい産地が違うから、仕入れを変えたりさ。あ、ふかしいもの隠しワザ、教えようか？」

「…………」

「これ、ふかす前に塩水につけるんだ。崩れにくくなるし、アクが抜けて色がきれいに出るしね。で、蒸し上がりにかるーく塩を振ると、甘味が引き立つ」

　説明する口調があまりに楽しげで、僕は理解不能に陥《おちい》った。

　こんな仕事をどうしてこんなに楽しそうに出来るんだろう。僕とそんなに年だってかわらないのだ。ほかにもっとやりたいこととかないのかな。

「耕ちゃん、だし巻き出来てる？」

　店の前で立ち止まった中年の客が声をかけてきた。

「あ、ちょっと待ってて」

まだ会計を済ませていない僕に言い置いて、耕平さんは客の相手をしにいった。

「どーも。だし巻き、朝の分全部出ちゃったんだけど、午後もう一回焼くよ。とっておこうか？」

「じゃ、お願い。二本欲しいんだけど」

「オッケー。いつもありがとうございます。そういえば、倅《せがれ》さんのお見合い、どうなったの？」

「それがまた先方から断られちゃってさ。まったく恥ずかしいったら」

「ありゃ。残念だったね」

「まったくね。うちの息子も耕ちゃんみたいな男前だったら、こんな余計な心配しなくて済んだのにさ」

「またまたおばちゃん、うまいんだからー。これ、食べて食べて」

耕平さんはふかしいもをぽいと一本ビニール袋に放りこんだ。

「あら、悪いわね」

「こっちこそ無駄足させちゃってすみません。二時ごろには出来てますんで」

「そう。じゃ、また寄らせてもらうわ」

客を見送ったあと、耕平さんは僕をふりかえり、ちょっと怪訝《けげん》そうに訊《たず》ねてきた。

「なに、その顔は」

僕はよほど胡乱《うろん》げな顔をしていたらしい。

「……いや、なんか店の主人と客の会話だなぁと思って」

「まさにその通りなんですけど」

耕平さんはおかしそうに笑った。

「なんかヘン？」

「ヘンっていうか……仕事って楽しい？」

「ハイ？」

「耕平さんって、要するに親の商売を継いでるって感じなんでしょ」

「まあ、そうだね」

「こんな田舎町《いなかまち》で、親の仕事を継いで、毎日毎日オバサンの相手して、なんかもう夢とか可能性とか皆無って感じでイヤになったりしない？」

口にしてから随分《ずいぶん》失礼なことを言っているなぁとは思ったんだけど、どうやら僕はこの質問を耕平さん自身にというより、耕平さんとダブって見える自分の人生に向けたかったらしい。

さすがに気を悪くしたかと内心ちょっとびくびくしたが、耕平さんは全然あっけらかんとした様子だった。

「うーん。いや、最近そんなムズカシイこと考えたことないなぁ」

「何かなりたいものとか、なかったんですか？」

「うーん」

「それじゃ例えば、東京の大学に行って、一流企業に就職して、とか、考えなかった？」

「いやいや、まあオレなんてバカだし、大学なんか行ってもしょーもないしね」

「……俺もいっそそれくらいバカだったら、あきらめもついて生きやすかったのかな」

思わずぼそっと口にすると、耕平さんは大げさによろけた。

「それくらいバカって、オレのことでしょうか？」

「あ……」

「ちょっと失礼気味では？」

「すみません」

全然心のこもらない謝罪を口にしつつ、やっぱりバカは羨《うらや》ましいと不遜《ふそん》なことを考えてしまう僕だった。

会計を済ませながら、ふとレジの横の柱に鯛《たい》やみかんのついた正月飾りが飾ってあるのが目に入った。

「これってどこで売ってるんですか？」

おばあちゃんに聞けばわかるはずだけど、今わかればついでに買って帰れて余計な手間が省《はぶ》ける。

「これは駅の西側の神社のとこで買ったんだ。屋台が出てるよ。もっと簡単なやつなら、駅前のスーパーでも売ってると思うよ」

なんだ。スーパーでも買えるのか。

「大ちゃん、若いのに偉いねぇ。ちゃんと昔からのしきたりを大切にしてて」

「……家に年寄りがいるから仕方なくですよ。僕はこんなもの、無駄なだけだと思う」

子供みたいな褒《ほ》め方《かた》をされたものだから、ついムカついて、また反抗期モードになってしまう。

「何日か飾ったらゴミになっちゃうんだから、こんな無駄な伝統はやめればいいのに」

うんざりしながら言うと、耕平さんは何か言いたげな表情で僕を見た。

「……なんですか？」

「いや、そういう考え方したら、世の中無駄なことばっかでしょ？　メシなんか食ったたって、翌日には排泄《はいせつ》されちゃうんだから無駄だし」

きたねーな。

「食事をするのは、生命の維持《いじ》に必要なことでしょう」

「だけど、せっせとメシ食って生命を維持しても、人間なんて百年もたたずにみーんな死んじゃうんだから、生きてること自体、無駄じゃないの？」

「……そういうの、屁理屈って言うんじゃないですか」

「じゃ、生きてることってどんな意味があると思う？」

妙に真面目《まじめ》な顔で訊《き》かれて、僕は返事に困った。

年の瀬の昼下がり、冬の陽が射す商店街の店先で交わすには、深遠すぎる会話だ。

僕が答えられずにいると、耕平さんはワハハと陽気に笑った。

「要するに、意味なんか考えてもしょうがないってことだ。正月飾りだってそうだよ。こうやって飾ると、ああまた新しい年がくるんだなぁっていう気分になるじゃん？　それで充分だと思うけど」

都合のいい結論だと思ったけれど、おかしなことに、ホントにすごくおかしなことに、僕は一瞬なんだか何かを免除してもらったような、気楽な気分になってしまった。

なんなんだよ、この惣菜屋はと思いつつ、僕はぶっきらぼうにおつりを受け取って、店を出た。


「ヤッホー！　こっちだよ、鈴木《すずき》」

図書室の一角で、沙里奈《さりな》が威勢のいい声を張り上げて僕を手招《てまね》いた。

とたんに周囲の視線が非難めいて突きささってくる。

冬休み明けの学校の図書室は、ひどく殺気立っている。すでに自由登校となっている三年生が朝から席を陣取って、最後の追い込みに励《はげ》んでいる。

委員会の用事で登校してきていた僕は、用事が済んだら図書室に来て、と沙里奈《さりな》から呼び出しを食っていたのだった。

「あのね、用事っていうのは〜」

「ちょっと待て。話なら外だ」

周りの視線が痛すぎる。

顎《あご》でドアの方に促《うなが》すと、

「外だってさ。行こ」

沙里奈は隣に座っていた女の子に声をかけた。

……なんとなくイヤな予感がした。

冬晴れの屋外は、北風が強くて寒かった。

雑草も絶えて干涸《ひから》びた真冬の花壇《かだん》で、椿だけがつやつやとしている。風が吹くと疵《きず》ひとつない花が何の前触れもなくぽたっと落ちた。

「これ、友達のミナちゃん」

沙里奈が同行の女の子を紹介した。

わざわざ紹介するくらいだから、同じクラスの子ではなく、僕の全然知らない顔だった。

「で、ミナちゃんからお話がありま〜す」

「え、ちょっとヤダ」

「ヤダじゃないでしょ」

「だっていきなり自分で言うの？」

「じゃ、あたしが言おうか？」

「ヤダ、やっぱいいよ！　自分で言う」

「よし、頑張れ」

「うん、頑張る。……はぁー、でもキンチョー」

「ほら、行け」

「うん、あー…」

また身を切るような風が吹いてきて、椿の花が無言でふたつ落ちた。

寒空の下、一向に話が進まないので、僕は少しイライラしてきた。

「あのさ、見当違いだったら間抜けなんだけど、もしかしてコクってくれるとか、そういう話？」

こっちから切り出すと、女の子は一瞬硬直し、「やーん」と沙里奈のブレザーの袖《そで》に顔を埋《うず》めた。

　図星か。

「だったら悪いんだけど、俺、今のところ誰とも付き合う気ないから。全然。まったく」

　女の子は再び硬直し、やがて気抜けしたような表情で沙里奈のブレザーから顔を離した。

「そうか……。いや、そうですね。どうも失礼しました」

　リアクションに困った様子で回れ右をして、そそくさと立ち去って行く。

「ちょっと鈴木！」

「なんだよ。追い掛けなくていいのか？」

「そんな態度ってないでしょ。告白もさせてあげないで断るなんて」

「だって、いつまでたっても言い出さないから」

「いつまでって、ほんの数秒じゃない」

「いや、数分はかかってた」

「いいじゃないの、五分や十分」

　文句を言いながら、沙里奈がくしゃみをした。

「ほらみろ、こんな寒いところに五分も十分もいられるかよ」

「あー、ばかばかしい。やっぱり仲介なんか引き受けるもんじゃないわね」

　僕たちは陽のあたる南側に移動した。

陽は当たっても、北風はやっぱり冷たい。

「寒いねー」

「ああ。だから一月って嫌いだよ」

「鈴木さー、この間は十二月がキライって言ってなかった？」

「そうだっけ？」

「そうだよ。六月がキライっていうのも聞いたことあるな」

「………」

「ちなみに、好きな月っていつ？」

訊かれて考えてみたが、思いつかなかった。二月も寒いし、三月四月はなんだか慌《あわ》ただしいし。五月は頭がぼーっとするし、六月はじめじめして鬱陶《うっとう》しい。

僕が黙り込んでいると、沙理奈は質問を変えてきた。

「ねえ、全然誰とも付き合う気ないってホント？」

「うん」

「なんで？」

「今はあれこれ忙しくて、そんな余裕とてもないよ」

「いつになったら余裕ができるわけ？」

「知るかよ」

そんなのこっちが聞きたいよ。

「あのさ、私も友達として鈴木のこと一応心配してるわけよ。だから今回だってこんな余計な役を買って出たりしてさ」

「気が向いたら、自分で考えるよ」

「だって恋愛だよ？　今しないでいつするのよ。ジジイになってから気が向いたって、遅いんだよ？」

「ジジイは恋愛しちゃいけないのか」

「話をすり替えないの。あのさ、うちのお兄ちゃん、テレビ局でディレクターやってて、めちゃくちゃ忙しいのよ。帰ってくるのは毎日十二時過ぎだし、休みだって月に二日あればいい方だし」

「……そのうち過労死するぞ」

「ねー。でもそんなお兄ちゃんですら、カノジョ作ってるよ」

「…………」

「鈴木がお家のこととかで色々忙しいのはわかるけどさ、恋愛する時間もないってことはないと思うよ」

「横山《よこやま》がどう思うかじゃなくて、俺がないって言ったらないんだよ」

「なによ、カンジ悪いわね」

沙里奈は口を尖《とが》らせた。

「時間がないって言うけど、かみやには週に二、三回は通ってるらしいじゃないの」

やぶからぼうな発言に、僕は思わず毒気を抜かれて目をしばたたいた。

「何言ってんだよ。それはむしろ時間節約のためだろう。だいたい、あの店は横山が教えてくれたんじゃん」

「そうだけどー。鈴木って完璧《かんぺき》主義っぽくて出来合いのおかずとかキライそうだから、まさかこんなに通いつめるとは思わなかったわ」

「………」

「もしかして、お店にお目当てでもいるのかなーと」

頭にボカンと耕平《こうへい》さんの顔が浮かび、思わず顎《あご》が落ちそうになった。

「なに気持ち悪いこと言ってんだよ」

「気持ち悪いってなによー。そりゃ、パートのおばさんたちはそれほどイケてる外見じゃないけど、気持ち悪いとまで言ったら失礼じゃないの」

……ああ、そうか。店にはパートのおばさんやお客さん等々、耕平さん以外の人間も多数出入りしているんだっけ。

自分の馬鹿な連想に、自分で恥ずかしくなった。

「とにかく、俺は忙しいんだよ。放っておいてくれ」

僕はまだキーキー言っている沙里奈を放り出して、校門に向かった。

病院におばあちゃんの一週間分の薬を取りにいき、郵便局とクリーニング屋で用事を済ませたあと、僕はまた例によってかみやに立ち寄った。

「あたしもあと十歳若かったら、耕ちゃんのお嫁さんに立候補したいところだよ」

「やだなぁ、おばちゃん。十歳と言わず、せめて二十歳にしといてよ」

相変わらずのみのもんたトークが繰り広げられている。

耕平さんが接客中なのを幸いとばかりに、女の店員さんにアジフライと肉じゃがを包んでもらって、さっさと立ち去ろうとしたのだが。

「大《だい》ちゃん、いつもどーも！」

店を出掛かったところで、手があいた耕平さんにつかまった。

「……どうも。忙しそうですね」

それを口実にじりじりとあとずさる。

「おかげさまで。ところで大ちゃん、きいたよー。モテモテくんなんだって？」

「……は？」

「沙里奈の友達が大ちゃんにメロメロだって話」

……沙里奈のやつ。そんな話を吹聴してまわってるのかよ。

「耕平さんだって、お客のオバサンたちにモテモテでしょう」

そっけなく切り返すと、耕平さんは細い目で愉快《ゆかい》そうに笑って頭をかいた。

「いや、ホント、ありがたいんだけどねぇ。オレって女のヒト、ダメだから」

「……え？」

「どっちかっていうと、大ちゃんみたいなカワイイ男の子がタイプ」

僕は思わず一歩あとずさった。

「あ、今ビビッた？」

耕平さんは子供を嘘のおばけ話でだました大人みたいな顔で笑った。

「……不気味な冗談はやめてください」

「ヒヒヒ。で、カノジョかわいい？」

「知りませんよ」

「あー、照れちゃって。大ちゃんカーワーイーイー」

……あんたはブキミだよ。

「本当によく知らないんです。今断ってきたとこだし」

「え、断っちゃったの？　もったいない」

なにを無責任なことを。

しかし断ったことを知らないということは、沙里奈はあの女の子のことを当事者の僕に話すより先にこんなところで言い触らしていたということか。無責任なやつだよなぁ。

「あ、今日のアジフライは絶品だと思うよ。生きてるみたいに鮮度のいいネタだったから」

耕平さんは僕の提《さ》げている袋に顎をしゃくって、得意げに笑った。

別の客の相手をしていたのに、僕が何を買ったかまでチェックしてるなんて、見上げた商《しょう》売魂《ばいだましい》だ。

「肉じゃがも確か二度目のお買い上げだよね。気に入ってくれたなら嬉《うれ》しいな」

言葉どおり、嬉しげににこにこしている。

「……あっさりしてておいしいって、祖母が」

あくまで自分がとは言わないところが、我ながら臍曲《へそま》がりだとは思うのだが。

「おばあちゃんのお墨付《すみつ》きか。光栄だな。あ、大ちゃん自分でも肉じゃが作ったりする？」

「しますよ。時間があるときは、大抵自分で」

「だしとかとってる？」

「当然です」

素人《しろうと》だと思ってバカにしているのかと思って、つい喧嘩腰《けんかごし》で答えてしまう。実際はとっているというほど偉そうなものではなく、市販の紙パックに入っただし袋を使っているんだけど。

耕平さんはチチチと舌を鳴らして顔の前で指を振った。

「あっさり肉じゃがのポイントは、だしを使わずに水で煮ることなんだ」

「……水？」

「うん。最近の料理って、なんでもかんでもだしだしって言ってさ、ひどい料理本だと煮魚を作るのに昆布《こんぶ》とかつおぶしでだしをとれとか書いてあるじゃん？」

……僕も件《くだん》のだし袋を使っている。

「だけど、魚ってそれ自体がいいだしを持ってるんだから、余計な旨味《うまみ》はいらないんだよ。肉じゃがだって、じゃがいもが肉のうまみを吸っておいしくなるんだからさ。そこにだし汁なんか入れて煮ると、最初の一口はおいしくても、食べてるうちに飽《あ》きてくる味になっちゃうんだよ」

そんなふうに考えてみたことはなかった。とにかくなんでもだしをきかせれば、手のこんだ料理になるのだと思っていた。

「それと、計量をきっちりするのもポイントかな。計量カップとか計量スプーンとか使うのって素人くさいと思ってる人もいるみたいだけど」

ぎくり。

「人間って体調によって味覚とか感覚とかも変わるから、面倒だと思っても一応計量する方が、失敗は少ないんだ」

一人ぺらぺらとしゃべったあと、耕平さんはひょいと肩をすくめた。

「あー、なんか余計なウンチクを失礼しました。まあ、家庭料理で一番大事なのは愛情だしね」

「……それが一番不足してるかもな」

僕はぼそっと言った。

こっちは義務感からいやいややっているのだ。愛情なんか持てるはずがない。

耕平さんは僕の独り言《ひとごと》に問い返すようにちょっと首を傾《かし》げ、それから割れた皿みたいな潔《いさぎよ》さでぱかっと笑った。

「まあほら、大ちゃんの場合、色々忙しくって愛情どころじゃないよね」

「…………」

「ホント、大変だよね。その年で主婦やってるなんて。頑張ってよ」

……なんというか。

社交辞令とわかりきっているのに、僕は不覚にもこんな男の言葉にちょっとくらっときてしまった。

家族は、もはや僕があれこれやるのは当たり前みたいに思い込んでる感じで、いまさら誰も感謝の言葉なんか口にしてくれない。それどころか逆におばあちゃんの愚痴《ぐち》の聞き役までさせられてるくらいだ。

友人連中だって、沙里奈をはじめとして「よくやるね」と逆に呆《あき》れたような言い方をする。

久しく誰かから、こんなふうにねぎらいの言葉をもらったことがなかった。

「……別に。あんたに言われなくたって、やるべきことはやるし」

それでもやはり、最初に成立してしまったスタンスというのはなかなか変えられるものではなく、僕は相変わらずの憎まれ口を叩いて、店を出たのだった。


「これ、何の匂い？」

夕飯を食べながら、未来《みき》が犬のように鼻をひくひくさせた。

「梅だよ。老人会の人が、昼間お見舞いに来てくれたんだけど、あんな待遇で気の毒にさ」

おばあちゃんが指差す床には、バケツに放りこんだ梅がごつごつした枝を四方に尖《とが》らせていた。

花瓶《かびん》を探して生けてくれと頼まれたのだが、夕飯の支度《したく》が忙しくて、そんなヒマがなかったのだ。

「梅ってすごい匂いがするんだねー。知らなかったよ。まだちょっとしか咲いてないのに」

「いい匂いの実がなるもんは、花もいい匂いなんだよ。みかんやりんごだってそうさ」

僕は匂いよりも、もう梅が咲く季節だということに驚いた。

考えてみれば、二月ももう終わりだ。友人たちは次々と希望の大学に合格を決め、明日は何人かの連中と打ち上げをやることになっていた。

梅の次に来るのは花粉症の季節だなどとまた憂鬱《ゆううつ》になりかけて、僕はふと沙里奈《さりな》の台詞《セリフ》を思い出した。

……悪かったな、嫌いな季節ばっかりで。

「ねえ、お兄ちゃん、お父さんに私のお小遣《こづか》い値上げしてくれるように頼んでよー」

ふいと未来が、おもねるような声で僕を上目遣いに見上げてきた。

親父は今日も仕事で遅くて、夕飯の席はいつものように四人だった。

「そんなこと、自分で言えばいいだろう」

「だめだよー、私が言っても、全然聞く耳持たないって感じなんだから」

「だったら俺が言っても同じだろう」

「違うって。お父さん、お兄ちゃんのことは全面的に信頼してるもん」

「なんだよ、それ」

俺は親父となんか、必要最低限の言葉しか交わしたことがないってのに。

「だって、お父さんにお願い事すると、いつも『お兄ちゃんに聞け』って言うし」

……面倒だから責任逃《のが》れしてるだけだろう。

「それにお兄ちゃん、お父さんのキャッシュカードとか預かってるでしょ。ちょー信頼されてるじゃん？」

「生活費をおろすのに必要なんだから、当然だろう」

「でも、きっと私には預けてくれないと思うよ」

……おまえに預けたら、全部洋服代に使われるってわかってるからだろう。

「俺より、おばあちゃんに頼めよ」

「あたしなんかダメだよ。こんなざまで、お父さんだってさっさとくたばればいいくらいに思ってるだろうよ」

一瞬食卓がシーンとなった。

「何言ってるんだよ、おばあちゃん」

結局、僕がフォローに回るハメになるのだ。まったく疲れる。

「おにいちゃん、オレもおこづかいもっと欲しい」

調子にのって良太《りょうた》まで口を挟《はさ》んできた。

「みんな、自力で頼みなさい」

「そんなこと言わないで〜。あ、ねえお兄ちゃん、今日のポテトサラダおいしいね」

「……そんなお世辞を言ってもムダだ」

「お世辞じゃないよ。マジで。昨日の肉じゃがもすごいおいしかったし」

「オレもこれ好きー」

良太がお行儀悪くポテトサラダを口の中にかきこんだ。

「そういえば昨日のふかしいもも、きれいに出来てておいしかったね」

おばあちゃんまで話題にのってきた。

「なんなんだよ。口をそろえて気持ち悪い」

言いながらも、評判がいい理由には思い当たるふしがあった。

ここ半月ばかり、僕はひそかに耕平《こうへい》さんに教わった方法をあれこれ実践《じっせん》してみているのだ。当人の前ではつまらなそうな顔をしながら、頭の中にこっそりメモして、機会をみては試してみている。

最初はどうしても自分のやっていることが一番正しいはずだという気持ちを譲れなかったんだけど、ひとつ試してみたら思いのほかうまくいくので、ちょっと驚いた。

例えば、これまで目見当《めけんとう》で作っていた生姜《しょうが》焼きの調味料をきちんと計量してみたら、我ながらとてもおいしくできた。最初に調味料を計って用意しておくので、肉を焼きすぎることもなくて、一石二鳥だった。

やったことにそれなりの成果が出て、それをまた人からも認められるということは、こんな些細《ささい》なことでもやる気を刺激されるものだ。

もっとも、なぜ僕がこんなことをしなくちゃいけないんだ、という根本的な不満は一向に改善されないけれど。

「ねえ、お兄ちゃん。お小遣い」

「おにいちゃ～ん」

「……言うだけだぞ。結果に責任は持てないからな」

「わーい」

「やったー」

「その代わり、未来、明日は早めに帰ってきて、ちゃんと留守番しとけよ」

「明日？　なんだっけ？」

「今朝《けさ》言っただろう。クラスの連中と合格祝いやるんだよ」

本当はそれほど乗り気ではないのだが、自分を犠牲にして家のことばかりしているような気がするのがイヤで、たまには誘いにのってみようかという気分になった。

「もしかして、ご飯も私が作るの？」

「たまにはやってみろ」

「ゲー。良ちゃん、ちゃんと手伝ってよ」

焦《あせ》った顔で良太の肩を揺すっている未来を見て、僕はちょっと意地の悪い気分になった。

普段なんでもかんでも僕に押しつけているけれど、たまに自分でやってみれば、僕の苦労がわかろうってものだ。


だがしかし、集まりはやっぱり欠席すればよかったという類《たぐい》のものだった。

うちの高校の生徒の溜《た》まり場《ば》になっている喫茶店に、十二人ほどが集まったのだが、自由登校でしばらく顔を合わせなかった間に、みんな進路を決め、浮き足立っている。

自分より確実に成績が悪かったやつが、思いもかけないところにまぐれで合格していたりするのを目《ま》のあたりにすると、さすがに面白《おもしろ》くない。

ましてそういうやつから、

「なんかもったいないよな、鈴木《すずき》もさ」

なんて同情めいて言われようものなら、目から火を噴《ふ》きそうになる。

「ちょっと鈴木、なに一人で白けてるのよ」

沙里奈《さりな》がジンジャーエールのグラスを持って、僕の隣の席に割り込んできた。

「一番最初に合格決めたヤツが、そんなシケた顔してることないでしょう」

そういう沙里奈は「大学と名がつくところならどこでもいい」と公言していた通り、学生集めのために受験者ほとんど全員を合格にしてしまうような、隣県の女子大への進学が決まっていた。

「あんな大学、行く前からうんざりだよ」

「なにそれー。だったら行かなきゃいいじゃん」

「そんな大学でも、行けば大卒資格がもらえるんだから、仕方ないだろ」

「うわー、ヤな感じ。そんな考えで大学なんかいっちゃヤバいって」

……おまえに言われたくねーよ。

「まあでもねぇ。どんなバカ大でも、就職したら高卒より全然給料いいんだもんね。ふざけてるよね」

「いっそ惣菜屋《そうざいや》のあんちゃんみたいに、どんなバカ大にも行けないくらいバカなら、変な未練を持たずに済んだのに」

思わずぼそっとつぶやくと、

「ちょっとー、何失礼なこと言ってんのよ」

沙里奈が驚いたように僕を見た。

睨《にら》まれるまでもなく、言い過ぎはわかってる。苛立《いらだ》ちのあまり、つい口をついて出てしまっただけのことだ。

けれど沙里奈が驚いたのは、そういう意味ではなかったらしい。

「あの人、ああ見えてすごく優秀なのよ。うちの高校で常に五番以内をキープしてたんだから」

「……え？」

今度は僕の方が驚いた。

「知らなかったの？」

知るはずないだろう。五歳も離れていれば在学年度もかぶらないし、そもそも本人がバカだと公言していたじゃないか。

「頭はいいし、性格はいいし、高校時代は超モテモテくんだったんだよ」

僕らの高校は、地元の公立高校では一番の進学校なのだ。だからここに在学していたというだけで、そこそこのレベルということになる。

ましてや五番以内といったら、年によっては東大だって狙《ねら》える位置だ。

「……だって本人が、バカだから大学なんか行けないって言ったんだぜ？」

「そんなの謙遜《けんそん》か冗談でしょ。鈴木も日本人なら、それくらいのニュアンスは理解しなさいよ」

だって本当にバカっぽいじゃないか。

「だったら、なんで進学もしないで、実家の後継ぎなんかやってるんだよ」

「知らないけど、商売が好きだったんじゃないの？」

「だったら、大学卒業してからだって、遅くないだろう」

「そんなの、私に怒ったって仕方ないでしょ。本人に聞きなさいよ。あ、そうだ。ついでだから今日の帰り、かみやにつきあってよ。ママからおつかい頼まれてるの」

「……やだよ」

「なんでよ。本人に直接聞けるじゃないの。それに、夜の南口ってガラが悪いからキライなのよ。つきあってね。きーまり」

どうして僕がと思いつつ、結局帰りにがっちり沙里奈につかまり、かみやにつきあわされるハメになった。


夜九時を回っていて、惣菜屋はもうすでに閉店していた。

沙里奈は慣れた様子で、並びの食堂の方ののれんをくぐった。

こちらももう閉店間際らしく、一人きりの客は空《から》の丼《どんぶり》を前に、エプロン姿の女の人と話をしていた。

沙里奈を見て、女の人はぱっと微笑《ほほえ》んだ。

「あら、いらっしゃい」

細い目が耕平《こうへい》さんとよく似ている。どうやらお母さんらしい。

奥の厨房《ちゅうぼう》で動き回る、足元だけが見える男の人がお父さんだろうか。

「遅くにすみません。うちの母親から、お願いしておいただし巻きをとってくるように言われて」

「ああ、はいはい。耕平、沙里奈ちゃんよー」

おばさんは大声で奥に声をかけ、ふと何か思いついたように手を叩いた。

「そうそう、この間京都に行った時のお土産《みやげ》があるの。ついでにお母さんに渡してくれない？どっちの色がいいか、ちょっと沙里奈ちゃんが選んでよ」

「やー、すみませーん。あ、鈴木、ちょっと待ってて」

沙里奈はおばさんと一緒に奥に入っていき、すぐに奥から耕平さんとのやりとりが聞こえてきた。

「なんだよ、沙里奈、不法侵入じゃん」

「違うよー、おばさんがお土産くださるっていうから、選ばせてもらうの。あ、お店に鈴木が来てるよ」

「マジ？　じゃ、店の方にこれ持っていっておくから」

「すぐ行くね」

声を聞いたら、耕平さんの大嘘つきぶりがどかんと頭によみがえってきて、ムカついてきた。

顔を見る前に立ち去ってやれと思ったのだが、

「お兄ちゃん、いくつだい？」

話し相手をなくした最後の客が、ダッフルの袖《そで》をつかんで話し掛けてきた。

酒が入っているらしく、こっちが迷惑そうにしてもお構いなしに、どうでもいいようなことをしゃべりはじめる。

振り切れずにいるうちに、耕平さんが出てきてしまった。

「あ、なんだよおじさん、オレのダチにイタズラしちゃだめっすよー」

真顔が笑顔のにこにこぶりを見たとたん、ますますムカついてきた。

「なんだ耕ちゃんの友達かい。男前だけど、愛想《あいそ》がないね」

余計なお世話だ。

「ぼちぼち行くか。お勘定、いくら？」

「えーと九八〇円」

おじさんは財布をひっぱりだした。

なんだか手元があやしいなと思っていたら、案の定、小銭をばらばらと床に撒《ま》き散《ち》らし、拾おうと屈《かが》んだ拍子に、今度は上着の裾でコップを落とした。

「うわっ、やってくれるね、おじさん」

「いや、悪い悪い」

「あー、ガラス触んないで、危ないから。オレが掃《は》いとくから平気だよ」

「悪いね。まったく年とるとこれだから」

「年のせいじゃなくて、酒のせいでしょう、おじさんのは」

「言ってくれるねぇ」

さっさと店を出てしまえばいいものを、こういうとき僕の身体は勝手に動いてしまうのだ。

僕は床に落ちたコインを拾い集め、ティッシュで水を拭《ふ》き取《と》っておじさんの財布に戻した。

「ありがとよ。愛想はないけど、やさしいおにいちゃんだね」

……だからその一言が余計だっつーの。

謝罪と礼を繰り返しながらおじさんが帰ると、耕平さんが僕の肩をとんと叩いた。

「サンキュー。大ちゃんはホント、優しい子だね」

その、調子のいい口振りにまた怒りがこみあげてきた。

僕は耕平さんの手を振り払った。

「触るなよ、この大嘘つき」

「……ハイ？」

耕平さんは細い目を見開いて、僕をしげしげ眺めた。

「何が嘘だよ。大ちゃんの親切に、オレは心底感心してるんだけど」

「……バカだから大学行っても仕方ないとかなんとか、大嘘ついて、俺をからかったじゃない

ですか」

「えーと……。何の話だっけ？」

耕平さんはまったく何のことか思い出せないという顔だ。

確かに、言った方にとっては、大した意味もない冗談だったのかもしれない。

けれどその発言を真に受けて失礼なことを言ってしまった僕は、とんだ恥かきじゃないか。

学年五番をつかまえて、『俺もそれくらいバカならよかった』だなんて。思い出すだけでも顔から火を噴きそうだ。

「おまたせー」

奥から沙里奈が出てきた。

僕は踵《きびす》を返して店を出た。

「ちょっと、鈴木、会計するから待っててよ」

知るかよ。

「大ちゃーん、もしもし？　何怒ってるんだよ？」

「鈴木ってば、私に一人で帰れっていうの？」

僕はイライラと怒り狂いながら、呼び止める二人の声を振り切って家路についた。

十時を回っているのに、玄関を開けると良太《りょうた》とおばあちゃんの笑い声がした。

廊下のカーテンは開けっ放し、洗面所の電気は付けっ放し。ちょっと留守にするとすぐこれだ。

よく考えれば大したことではないのだが、イラついているときには、こういう些細《ささい》なことが癇に障《さわ》る。

力任せにカーテンを引き、洗面所の電気を消し、イライラと茶の間の襖《ふすま》を開けると、おばあちゃんと未来《みき》と良太が、笑いすぎて紅潮《こうちょう》した顔でこっちを振り返った。

「あ、おにいちゃんだー」

「おかえり」

「夜遊び、どうだった？」

机の上には、汚れた皿が置きっぱなしになっている。

三人はどうやらテレビゲームに熱中していたらしい。

良太は放っておくと何時間でもコントローラーを握《にぎ》っているので、ゲームは夕飯の前までと決めているのだ。

それが、僕がいないともうこれだ。

「おにいちゃん、おばあちゃんすごいんだよ」

「そうそう。ルールも知らずにモノポリーやって、私と良ちゃん破産させちゃったの」

「目がチラチラするばっかりだと思ってたけど、案外面白いもんだね、テレビゲームっていうのも」

「これ、案外リハビリにいいかもよ。ね、お兄ちゃん」

僕が無言でゲームの電源を引き抜くと、未来と良太は叫び声をあげた。

「何するんだよ、おにいちゃん！」

「まだセーブしてないのにー」

「……ゲームをする時間じゃないだろう」

僕は低い声で、イライラを圧《お》し殺《ころ》して言った。

楽しげだった空気が、しんと白ける。

一瞬の気まずい沈黙が自分のせいだと思うと、不快な満足感と罪悪感が綯《な》い交《ま》ぜになって僕をますますイヤな気分にさせた。

「まったくお父さんは、今日も遅いね」

おばあちゃんが話題をそらすように言う。

「オレ、時間割りそろえてこなくっちゃ」

良太はバタバタと自分の部屋に引っ込んだ。

僕が着替えもしないでガチャガチャと皿を流しに運ぶのを尻目に、未来はテレビを普通の画面に戻した。聞き慣れた上調子のニュースキャスターの声で、大学入試の話題が流れてきた。

「大学って言えば、ゆりちゃんちのお兄さん、慶応《けいおう》に受かったんだって」

未来が能天気に、人の神経を逆撫《さかな》でする話題を振ってきた。

「かっこいいよね。ねえねえ、お兄ちゃんも、いくら推薦《すいせん》でラクだからって、あんなダサい大学行かないで、慶応とか早稲田《わせだ》とか受ければよかったのにー」

諸々《もろもろ》の苛立ちに、この一言が火をつけた。

僕は皿を流しに放りこみ、未来を振り返った。

「よくそういうことが言えるよな」

「え？」

「誰のせいで、俺があんな三流大を選んだと思ってるんだよ」

未来は一瞬驚いたように目を見開き、それから反抗的に僕を睨《にら》みつけてきた。

「なにそれ。どういう意味？　私のせいだっていうの？」

「おまえだけとは言ってない。この家の家族全員だ」

言ってすっきりするかと思ったら、ものすごくイヤな気分がラップのようにかぶさってきて、僕は窒息《ちっそく》しそうになった。

覆《おお》い包《つつ》む憂鬱《ゆううつ》を払《はら》い除《の》けるように、更に毒のある言葉を続けた。

「ちょっと俺がいないと、うちのなかはメチャクチャじゃないか」

「別にどこもメチャクチャになんかしてないわよ」

「使わない電気は付けっ放し、カーテンは開けっ放し。おばあちゃんも良太も後先考えずに夜《よ》更《ふ》かししてさ」

「そんなの別に一日くらい大したことじゃないじゃん。明日早寝すればいいんだし」

悪怯《わるび》れた様子もなく無責任なことを言う未来に、ますます腹が立ってくる。

「……このテーブルの上はなんだよ？　汚れた皿を並べたままで」

「今片付けようと思ってたのよ」

ああ言えばこう言う、だ。

ごみ箱から覗《のぞ》いているインスタントラーメンの袋にもむかっ腹が立ってきた。

「良太とおばあちゃんにこんなもん食わせてるんじゃねーよ。もうちょっとましなもの、作れないのかよ」

「だから別に一日くらい、ラーメン食べようが夜更かししようがいいじゃない」

「野菜をいっぱいいれてくれて、結構おいしかったよ」

いつも「ちっとも手伝わない」と未来の陰口を叩いているおばあちゃんが、こんな時には未来の肩を持つことが、また更にムカつく。

「だいたいな、部活部活って好き勝手なことばっかりしてないで、おまえも少しは家のなかのこと手伝えよ」

こんなに感情的になってガンガン言ったことはなかったので、未来は傷ついたように涙ぐんでしまった。

それでもまだ、減らず口を叩いてくる。

「だって手伝おうとすると、すぐお兄ちゃん手を出すなって言うじゃない。私や良ちゃんが手伝うと、却《かえ》って手間がかかるからって」

「ああ、悪かったね、あたしが余計な怪我なんかしたから、みんなに忙しい思いをさせちゃって」

珍しい兄妹喧嘩《きょうだいげんか》に、おばあちゃんがおろおろと仲裁に入ってくる。

「おばあちゃんが謝ることないよ。だいたい、お兄ちゃんは自分がいなきゃこの家はダメになるみたいなこと言うけど、そんなの思い上がりだよ」

「……なんだよ、それ」

「別にお兄ちゃんがいなきゃいないで、どうにだってなるもん。今日だってちゃんと夕飯食べて、良ちゃんの宿題みてやって、お兄ちゃんが帰ってくるまではおばあちゃんと三人ですっごく楽しくゲームやってたんだから」

「…………」

「帰ってきたとたん、シラけたよ。どうでもいいことガミガミ言って。別に廊下のカーテンなんか開けっ放しだってどうってことないじゃん。それよりみんなで楽しく過ごすほうが大事なんじゃないの」

「ああ、そうかよ。じゃ、せいぜい楽しくやってろよ」

僕は踵《きびす》を返して玄関に向かった。

「……おにいちゃん、どこ行くの」

柱の影から、良太がかぼそい声をかけてきた。

その声を無視して、僕は玄関の戸を力任せにぴしゃりと閉めた。


梅が咲こうがクロッカスが咲こうが、春めくのは日中だけで、夜の空気はまだ凍るように冷たい。

怒りが持続している間は寒さも忘れていたが、あてもなく駅に向かって歩いているうちに、コートを置いてきてしまったことを後悔しはじめていた。

おまけに財布の入った鞄《かばん》も忘れた。しかも記憶を辿《たど》ると、家に帰った時点ですでに鞄を持っていなかったことを思い出した。

かみやに忘れたのだ。

……最悪。

あっちこっちでキャンキャンとわめき散らした今夜の僕は、まるでヒステリーのおばさんみたいだ。

「……俺が悪いんじゃない。あの惣菜屋と未来が人の神経逆撫でするようなこと言うから」

ぶつぶつと消火栓に当たり散らしてみるが、気分は一向に回復しない。

残念ながら、僕はコートもお金も持たずに夜の街を徘徊《はいかい》するほど無謀《むぼう》にはなれなかった。家に戻るか、かみやに軍資金を取りに戻るか考え、結局後者を選んだ。同じ気まずさを覚えるなら、赤の他人の耕平さん相手の方がまだ気楽だ。もう二度とかみやに行かなければ、一生会わずに済む相手なんだから。

それでもさすがに、店の前まで来るとちょっと気が重くなった。

もう食堂の方も閉まっている。どうやら二階が住まいになっているようだが、どこから入るのかもわからない。

考えあぐねて何気なく店の西側の駐車場に回ると、闇の中で洗車している人影があった。この寒いのに何を考えてるんだと、自分のことは棚《たな》にあげて呆《あき》れてしまう。

よく見たら、それは耕平さんだった。

向こうもほとんど同時に僕に気付いた。

「ヤッホー大ちゃん！」

まるで何事もなかったように、白い息を吐《は》いて笑う。

「……何やってるんですか、こんな時間に」

「見ての通り、愛車のお手入れ」

闇に白く浮かび上がっているのは、スカイラインGT－Rだった。

一度、友達の兄貴に乗せてもらったことがある。スピード狂の好きな車だ。こういう車に耕平さんが乗るというのは、なんだか意外な感じだった。

「高そうな車」

「いやぁ、まあ中古だから三百万ちょいですよ、旦那《ダンナ》」

自慢タラタラ。

「でも、足回りとかあちこちかなりいじってあるから、総額四百万くらいはいっちゃってるかなぁ」

「……惣菜屋って儲《もう》かるんですね」

「まさか。ばりばりのローンだよ。ところで大ちゃん、仲直りにきてくれたの？」

なにが「仲直り」だ。小学生じゃあるまいし。だいたい、仲直りっていうのは、元々仲が良かった人間がするもんじゃないか。

「違いますよ」

「なんだー。オレ、車磨《みが》きながら大ちゃんのこと考えてたのに」

気味の悪いこと言うなよ。

「なんであんなに怒らせちゃったのかなぁって」

「……嘘つくから」

言ってはみたものの、いったん怒りが通り過ぎてしまうと、そんなくだらないことはどうでもいい気がした。

「鞄、取りに来たんです。店に忘れてなかったですか？」

「あ、やっぱりあれ、大ちゃんのか。沙里奈が帰ったあとで気がついてさ。時間が遅いから、明日沙里奈に電話して、聞いてみようと思ってたんだ」

耕平さんはフリースのポケットからキーホルダーを取り出した。

店に鞄を取りに行ってくれるのだと思ってついていくと、急に足をとめて僕を振り返った。

「あ、ねえ、ちょっとその辺を一回りドライブに行かない？」

「は？」

「車もきれいになったことだし」

「なんで俺があんたとドライブなんか……」

言ってはみたものの、家を飛び出してきた経緯《けいい》を考えると、すぐに帰る気にもならない。この寒いのにコートも持っていないのだから、ドライブは時間つぶしにはもってこいかもしれない。

「まあそう言わず、つきあってよ。ホイホイ」

助手席側のドアを開け、半《なか》ば強引に押し込まれたのを自分への言《い》い訳《わけ》にして、僕はGT−Rに乗り込んだ。

ものの三分で商店街を走りぬけ、さらに五分も走ると、住宅街すら尽《つ》きてしまう。

県道沿いにたんぼが広がり、ところどころにガソリンスタンドとチェーンのラーメン屋が点在する田舎《いなか》っぽい景色が延々続く。

こうして車で走り抜けると、僕らの住む街は本当に小さい。人口十万人という数字すら疑わしくなってくる。

街灯も疎《まば》らな道を、さっきから耕平さんは九十キロで走っている。

「……スピード、出しすぎじゃないですか」

「あ、ごめん。恐かった？」

本人は減速したつもりらしいが、それでもメーターは相変わらず八〇キロを超えている。

耕平さんがこんな運転をする人だとは知らなかった。人は見かけによらないものだ。

「そのうち捕まりますよ」

「うん、もう五回免停くらってる」

……おい。

突然、ピルピルと電子音が車内に鳴り響いた。いきなりだったので、びっくりしてシートから跳ね上がりそうになった。

「レーダー探知機。ほら、スピード取り締まりの」

「なんですか、これ」

そう言いながら、一向にアクセルを弛《ゆる》める気配がない。

僕の視線に気付いた様子で、耕平さんはにこにこ微笑《ほほえ》んだ。

「大丈夫だよ。これって店の自動ドアとか、前の車のレーダーとかにも反応しちゃうから。鳴っても気にしないで」

……じゃあ何のために付けてるんだよ。

まるで学校の火災報知機のようだ。あまり頻繁《ひんぱん》に誤作動を起こすので、今やすっかりオオカミ少年扱《あつか》いされてる。

「大ちゃんさー、なんかあったの？」

ふいと耕平さんが訊《たず》ねてきた。

「え？」

「だって、この寒いのにシャツ一枚でフラフラしてるし」

「……別に」

「まあ、人間生きてりゃ色々あるけどね」

「そっちはいつもお気楽そうでいいですね」

「失礼だなー。オレだってイロイロあるんだぜ。理由もわからずいたいけな少年を怒らせちゃってしょんぼり、とかね」

「ヘンな嘘をつくからでしょう」

「嘘？」

「ホントは頭いいくせに」

耕平さんはシートでずるっとのめった。

「よくわかんないんだけどさ、それってそんなに怒るほどのこと？」

「…………」

そう言われてみれば、そうなのだ。どう考えても、わざわざ怒鳴りこみに行くほどのことではない。

「謙遜《けんそん》は日本人の美徳でしょう」

「……学年五番だった人が自分のことバカとか言うのは、謙遜じゃなくて嘘の領域だと思うけど」

「オレがバカって言ったのは、学力じゃなくて人間としての価値っていうか、そういう意味だったんだけど」

「……なんだ、そうか」

僕がぼそっと言うと、耕平さんは今度はシフトレバーの上で手を滑《すべ》らせた。

「ちょっと大ちゃーん、そこで納得しないでよ。だから謙遜だって謙遜」

「何言ってるんだか」

返しながら、しかし僕は耕平さんの前ではなんでこうも横柄《おうへい》な態度がとれるのだろうと、不思議になった。

僕は大体怒りや理不尽《りふじん》をこらえてため込んでしまう方で、それが積もり積もるとさっき家でやったみたいに爆発してしまう。

ところが耕平さんに対しては、言わなくてもいいことまで言ってしまっている。

多分、この人のふざけたキャラクターのせいだ。能天気で、何を言ってもオッケーって感じがする。

GT－Rは、いつのまにか隣の市街に入っていた。

車ならほんの二十分ほどの場所なのに、普段は滅多《めった》に来ることがない。

自転車が主な交通手段の僕らは、電車に乗ることも数ヵ月に一度という感じだった。

その電車やバスというのがまた本数がとても少なく、乗り継ぎが悪い。車で二十分の距離が、電車とバスを乗り継ぐと一時間半もかかる。

関東地方の一員を名乗るのが恥ずかしくなるような場所だ。

GT－Rは四車線の国道を一〇〇キロ近いスピードで走り、利根川《とねがわ》にかかる橋を渡った。

窓の外を、オレンジ色の街灯が流れていく。

僕はしばらく黙って夜の景色を眺《なが》めていた。

言うつもりもなかったことが、ぽろっと口をついて出た。

「……家族とケンカした」

「ケンカ？」

「つまんないことでカッとなって、俺が希望の大学に行けないのは家族の犠牲《ぎせい》になってるからだ、みたいなこと言っちゃって」

「ありゃりゃ」

「……うちは俺がいなきゃ成り立たないって思い込んでたけど、それってただの自惚《うぬぼ》れだったのかな」

耕平さんに対してというより、自問自答するように、僕は言った。

未来の勝手な言い草には腹が立ったけれど、考えてみれば確かに僕はなんでも自分でしないと気が済まないところがあって、未来と良太がちょっとした手伝いを申し出てくれても、いつもそっけなく断っていた気がする。

未来の言うとおり、電気を消し忘れようと、カーテンを閉め忘れようと、そんなことは大したことじゃない。

完璧《かんぺき》を求めて常にぴりぴりしているよりは、ずぼらなくらいの方が、家のなかは明るいに違いない。

僕は一人で勝手に全部背負いこんで、それを周囲のせいにしていた。

「自惚れだなんて何言ってるんだよ。ご家庭の事情に疎《うと》いオイラが言うのもなんですが、大ちゃん、すげー頑張ってるじゃん。充分すぎるくらい、家族に尽くしてると思うよ」

「でも、そこで犠牲になってるって口にしちゃったら、全部台無しだと思う」

「そんなさー、十八歳の男の子がセイシュンの貴重な時間を費やして家族に尽くして、それで愚痴《ぐち》のひとつも出なかったら、却《かえ》っておかしいよ。そんな出来すぎたヤツ、気持ち悪いって」

「そうかな」

「そうだって。俺も十八の頃は色々あったよ」

「色々？」

「うん。ここで上にのろうか」

「上？」

車窓に視線をめぐらせると『東松山《ひがしまつやま》インター入口』の標識が見えた。

あっけにとられるうちに、料金所を通過して、車は滑るような加速で高速道路に合流した。

「……どこに行くんですか」

「だからちょろっとひとまわり」

「ひとまわりって……」

普通ひとまわりって言ったら、町内ひとまわりくらいが相場じゃないのか？

利根川を越えた時点で、随分《ずいぶん》遠くに来るなぁとうっすら思ったけれど、高速にのってどうしようというのだ。

僕はコートも財布も持っていないし、耕平さんは洗車をしていたサンダル履《ば》きのままだ。

どちらも、高速にのって遠出をするような格好ではない。

一般道を一〇〇キロ近くで疾走《しっそう》していたGT－Rは、高速にのると一六〇キロで弾丸のように走っていく。

「あ、もしかしてスピード苦手？」

シートに背中を押しつけて息をのんでいると、耕平さんが顔を覗《のぞ》き込《こ》んできた。

「危ないから、前見てくださいよ！」

「ハイハイ。もー、恐いなぁ大ちゃんは」

恐いのはあんただっ。

しばらく走ったと思ったら、今度は耕平さんの左手が僕の膝《ひざ》の上の手にのびてきた。

「……なにしてるんですか」

「いやー、恐いならおじさんが手を握っててあげようかなーと」

だから恐いのはあんただよ。

「運転に専念してくださいっ！」

「ハーイ」

耕平さんは楽しそうに声をあげて笑った。

平日の夜の高速道路は空《す》いていた。僕はしばらく放心して、窓の外の夜を眺めていた。

「ちょっとそこ寄って行こうか」

一番最初の高坂《たかさか》のサービスエリアで、耕平さんは車をとめた。

「あ、雪！」

僕はうっかり子供のような声をあげてしまった。

隣に駐車している二台の車のルーフに、かなり大量の雪が積もっている。

「うん。新潟《にいがた》の方にスキーに行った帰りだね」

耕平さんは見慣れているらしく、さらっとそう言った。

僕も自分で免許をとって、好きなところに自由に行けるようになれば、こんなつまらないことで驚いたりしないんだろうな。

だけど今の僕には、家から一時間足らずのこんなサービスエリアで、こんなに積もった真っ白な雪を見るというのは思いもかけないことだった。

休憩所の中はあたたかく、閑散としていた。

耕平さんはセルフサービスのお茶を紙コップに注いでくれた。

「無料のお茶ですまんねー。財布忘れちゃってさー」

「え？　高速の料金は？」

「それはハイカがあるから大丈夫」

二人合わせて持ち金ゼロで高速を走っている僕たちって何なんだよ。

数分の休憩のあと、車はまた一六〇キロで走りだした。

「ねえ、大ちゃん」

「なんですか」

「今日、店で大ちゃんが怒ったのって、前にオレが自分のことバカって言ったのが原因なわけでしょう」

……もうその話を蒸し返すのはやめてくれよ。

「そんでさ、よく考えたらそのバカ云々《うんぬん》って話が出たのって、大ちゃんがオレに夢とかないのかって訊《き》いたときじゃん？　なんで大学行かなかったのとかって」

「……もういいですよ、その話は」

「いや、それでさ、今度はオレが反対に訊きたいんだけど、大ちゃんはなんで東京の大学に行きたかったの？　大ちゃんの夢って何？」

急に訊かれて、僕はちょっと考え込んだ。

「……夢はあのダサい街を出ていくことです。大学は、だって先々のことを考えたら、一流大学に行っておく方が、絶対いいに決まってるでしょう」

ましてや、僕にはそれに見合うと思われる学力があったのだ。

「うーん。そう思ってるとすると、大ちゃんはこの先地元の大学に行ったことを一生後悔するってことだよね」

「現にもう後悔してますよ」

「それだったらさ、何がなんでも初志貫徹《かんてつ》して、行きたい大学を受験すればよかったのに」

他人事《ひとごと》だから、そういうことを言えるのだ。

「うちの家庭の事情、話しませんでしたっけ?」

「うん、さわりは聞いたけど。でも家の人は絶対反対だったわけ?」

「絶対とは言わないけど、無言の圧力っていうか。家から通えるところにして欲しいって思ってるのはよくわかってたし、僕がいなくなっちゃったら、家の中はメチャクチャだって思ったし」

「そしたらさ、さっき言ったことと矛盾《むじゅん》するようだけど、理由はともあれそこで自分の選択を納得しないと、ずっと引きずっちゃうよね」

「…………」

「ねえ、岐路《きろ》に立った時って、絶対的に正しい選択肢がある筈《はず》だって思っちゃわない? Aを選んで失敗すると『正解はBだったんだ』とかさ」

「AじゃないならBでしょう」

「試験ならそうだけど、人生はそうでもないでしょう。どっちも正解って場合もあれば、両方間違いってこともある」

「じゃ、選ぶだけムダじゃん」

「いや、そうじゃなくて、正解とか間違いって、ある程度は本人の考え方次第だと思うんだ。あー、なんかオレってカッコイイこと言ってるねぇー」

耕平さんは自分を茶化すように笑った。

「……そうですか？」

僕は怪訝《けげん》に問い返した。

「かなりそうだと思うよ。後悔しやすいタイプの人って、なんでもかんでも後悔のネタにしちゃうし。こう、なんでも悪いほうに考える人っているじゃん？　冬は寒いからキライ、春は眠いからキライ、夏は暑いからキライ、秋は物悲しいからキライ、とかさ」

ギクリ。

反論したかったが、あまりに図星を指されて、言うべきことが見つからなかった。

仕方なく窓の外を眺めていると、道路標識が目に飛び込んできた。

「……耕平さん」

「ん？」

「今、練馬《ねりま》って書いてあった」

「うん」

「……練馬って東京の練馬区？」

「そうだよ」

おかしなことを言うよなって感じで、耕平さんは笑った。

「ちょこっとかすめるだけだけどね」

僕はかなりびっくりして、窓の外に目をこらした。

さっきの雪といい、いきなりの東京といい、僕にはかなりのカルチャーショックだった。

北関東の住人にとっては、雪も東京も別にそう疎遠《そえん》なものではない。

だけど、しつこいようだけど、なんの身仕度《みじたく》もしないで、こんなところに来てしまうという感覚が、不思議だった。

あの街にいたら、僕の将来なんて知れている。とにかく早く出ていきたいと、いつも焦燥《しょうそう》感《かん》にかられていた。

けれど実際には、財布も持たずにサンダル履きで、何の身仕度もしないでこんなふうに、あのこせこせした生活から脱出できてしまうのだ。

肩から力が抜けて、妙な解放感が僕を包んだ。

「……もしかして、耕平さんの言う通りかも」

「ん?」

「ホントに東京に行きたいなら、こんなに簡単に来れちゃうのにね」

耕平さんは声をたてて笑った。

「そりゃ、行き当たりばったりのドライブだったらいつでもね。でも、大ちゃんの『東京』は大学のことなんじゃないの？」

「そうだけど」

そうなんだけど。

親父もおばあちゃんも、僕の東京への進学を渋ってはいたが、聞く耳をもたないというほどではなかった。

反対を理由に地元の推薦を選んだのは、最終的には僕自身の決断だった。

糸の端をたぐりよせるように、古い記憶が巻き戻ってきた。

「俺の母親って、仕事中毒で家事は全然ダメな人で、おばあちゃんとうまくいってなかったんですよ」

僕がぼんやり口にすると、耕平さんは唐突に何の話だと怪訝《けげん》そうにこっちを見たが、それを問《と》い質《ただ》すでもなく話を合わせてくれた。

「離婚しちゃったんだっけ？」

「うん。四年前に。別れるなら三人も子供を作るなって感じですよね」

「うーん、夫婦間のことって、第三者にはナゾだからなぁ」

「で、離婚間際は母親ももうめちゃくちゃ図太くなってたけど、俺が小さい時はよく家事のこととかでおばあちゃんともめて、夜、台所で一人で泣いてたりしたんですよ」

僕にとっては母親も祖母も血のつながった肉親だったから、どっちが悪いとかいう感覚はなかった。ただ、やっぱり泣いている母親を見ると悲しくて、子供心になんとかしてあげたいと思った。

「だからなんとか、母親がおばあちゃんに小言を言われないようにって思って、とりこみそこねた洗濯物をこっそりとりこんでおいたり、米を研《と》いでおいたりして」

「うわー。なんか大ちゃんのルーツはそこにありって感じだね」

「まさにそう。普段は仕事のことで頭がいっぱいで、全然構ってくれない母親が、そういう時だけ『優しい子ね』って褒《ほ》めてくれるのが嬉《うれ》しくて」

「大輔《だいすけ》だけが頼りよ、とか」

「そうそう。それで友達と遊びに行くより、母親の機嫌をとるようなことばっかしてた」

未来や良太が物心ついたときには、母親はもうそんなことで涙するような繊細《せんさい》さは失くして、ただ仕事が大事なだけの人になってたけど。

「……なんか多分、俺はそれを引きずってるのかもしれない。母親との関係が、いつのまにか家族との関係に置き換えられてて、うんざりしてるくせして、自分が必要とされてる場所から離れられないっていうか」

「うーん。自分がいないとこの家はダメなんだって思うことに、自分の存在意義を見いだしてるってカンジなのかな」

そうかもしれない。

ぐるぐるといろんな感情の渦巻《うずま》く自分の内面を、爪先立《つまさきだ》って覗き見た。

自分がいなくてはダメだという自負は、裏を返せば必要とされていたいという僕自身の願望のあらわれでもあった。

僕は多分、無意識のうちに自分のそういう未熟さに気付いていて、それが鬱陶《うっとう》しかったのかもしれない。

東京の大学に行きたいのは、とりたててやりたいことがあるからではなく、そんな自分を打《う》ち棄《す》てたい気持ちと、それから自分の能力を目に見える形に置き換えて自尊心を満たしたいという気持ちからだった。

そして僕は、そんな逃避や見栄《みえ》みたいなもので、これまで築いてきた自分の場所を捨ててしまっていいものかと、心のどこかで葛藤《かっとう》していた。

結局自分で決断できずに、無意識の領域でそれを第三者のせいだとすり替えていたのだ。

家族のせいで、僕は希望の大学に行けなかった。そう思えば、それを自分自身の決断として後悔したりしなくて済む。

あまりに子供じみた、ばかな理屈だった。

色々考えたら、急に自分が恥ずかしくなってきてしまった。

夜の高速のドライブという、いつもとは違う状況にのせられて、いらないことを随分しゃべってしまった。

「色々あるよねぇ、若い時っていうのは」

自分だって若いくせに、耕平さんは妙にジジくさいことを言う。

「まあでも、そんなふうに色々考えるのは、立派なことだと思うよ」

「…………」

「多分、大ちゃんは根本的にすごくナーバスで生真面目《きまじめ》なんだよな」

「…………」

「もしもし？　なんで急にカモクになっちゃうの？」

自分の未熟ぶりが恥ずかしくなったなどと、ストレートには口にだせない。

「……どうせバカなガキだと思ってるんでしょう」

結果、そんな皮肉っぽいいい方をしてしまう。

耕平さんはちょっとびっくりしたようにこっちを見た。

「思ってないよー、そんなこと」

「前向いて運転してください。……どこ行くんですか？」

そういえば、行き先を聞いていなかった。

「外環《がいかん》経由して東北道《とうほくどう》に出てひとまわり。ねえ、マジでバカになんかしてないって」

「…………」

「大ちゃんがバカっていうなら、俺なんかウルトラスペシャルグレートバカじゃん？」

「もうネタは割れてるんですよ。学年五位がそんな嘘ついてもムダです」

「いやもうマジで。だってオレが大ちゃんと同い年の時なんて、自殺したことあるよ」

「……は？」

「あ、もちろん未遂《みすい》ね、未遂」

それはそうだろう。遂行していたら、今ここにいる筈がない。

耕平さんはハンドルを握ってにこにこしている。

物騒《ぶっそう》な言葉に一瞬ぎょっとしたが、どうやらその表情からしてタチの悪い冗談だと判断して、こっちも軽口で切り返した。

「ふうん。女の子にでも振られたんですか？」

「ピンポーン！　すごいな大ちゃん、ほぼ正解」

アホらしい。

「でも、女の子じゃないよ。ほら、前にも言ったけど、オレ、女の人はダメだから」

ああそうですかと聞き流しかけて、頭の中で警告灯が点滅《てんめつ》した。

今なんて言った？

「前にも言ったって……？」

「言ったじゃん。ほら、大ちゃんがオレのこと、お客のおばちゃんズにモテモテって言うから、嬉しいけど女の人はダメだからって」

……ちょっと待て。ちょっと待ってくれ。

「女の人はダメって、……どういう意味？」

「男じゃなきゃダメって意味」

車は、路面にすいつくように相変わらずの速度で飛ばしている。

急に、ここにいるのにいないようなヘンな気分になった。

僕は麻痺《まひ》しかけた思考回路を懸命に働かせた。

「……それ、どこまでが冗談なんですか？」

「別にどこも冗談じゃないけど？」

……どう解釈《かいしゃく》すればいいんだ。

「ええと、じゃあつまり……」

「うん？」

「耕平さんは十八歳の時に」

「うん」

「男の人に振られて」

「うんうん」

「自殺未遂したの？」

「ピンポン、ピンポーン！」

……これが冗談だったらあまりにタチが悪すぎるし、逆に本当だったら、ドライブなんかしてる場合じゃない。

「すみません、次のサービスエリアでおります」

耕平さんは声をたてて笑った。

「タクシーじゃないんだからさー。面白すぎ、大ちゃん」

相手の妙に鷹揚《おうよう》な物腰がかえって空恐ろしい気がして、僕はシートの上で左側に寄れるだけ尻をずらした。

耕平さんはちらりと僕を見て、今度は目だけでそっと微笑んだ。

「うーん、ありがちな反応」

「…………」

「あのさ、大ちゃん、ゲイと変質者を混同してない？」

いやもう、まさしく。

「好きになる相手が男っていうのと、男なら誰でも好きっていうのは、似て非なるものなのだよ。一応ご理解いただかないと」

僕はちょっと考えて、恥じ入った。

そうだよな。今の態度じゃ、まるで自分が耕平さんの好みだと自惚れてるようじゃないか。

耕平さんにだって選ぶ権利はあるのだ。

それにだいたい、こういうことに偏見《へんけん》を持つのはいけないことだ。

僕はひとつ深呼吸をして、シートの真ん中に戻った。

「ありがとう」

耕平さんはぱっと笑った。

「いやでも、実を言うと大ちゃん、かなりオレの好み」

「……！」

僕は再びドアに張りついた。

耕平さんはくつくつと笑っている。

「いい加減にしてくださいっ」

「いや、ごめんごめん。あんまり反応がいいから」

「……やっぱり冗談だったんですか」

「いや、ゲイなのは本当。高校三年の時、クラスに好きな相手がいたんだ」

ふいと耕平さんは、淡々とした調子で話し始めた。

「もちろん、オレは自分の性向は完全に秘密にしてたから、そいつとも全然フツーの友達だったんだけどさ。でも、ほら、授業で何かと二人で組んだりすることってあるじゃん？」

「体育とか、化学の実験とか？」

「そうそう。そういうとき、松尾が……あ、そいつ松尾っていうんだけど、必ずオレを誘ってくるから、こっちは内心結構ウキウキだったりしてさ。まあほら、多感なオトシゴロだし、いろいろ夢見がちだしね」

「…………」

「そこでまた松尾が、ある日何を思ったのか、面白いから読めって本を貸してくれてさ。『草の花』っていうんだけど、大ちゃん知ってる？」

「いえ」

「うん、オレもその時初めて知ったんだけど、古い文学作品で、男同士の恋愛っぽい話なんだ。いやもう、なんていうか電気ショックビリビリっていうかー」

「…………」

「いや、その小説がじゃないよ。自分が特殊な感情抱《いだ》いてる相手から、そんな特殊な恋愛の本を渡されたもんだから、もしや向こうも同じ気持ちか、なんてあらぬ期待を抱いちゃってね」

「……正直言って理解の範疇《はんちゅう》を越えた世界ですけど。でも、その状況でそう考えるのは当然だって思うけど」

「ありがとう」

……礼を言われる筋合いはない。

「まあ、最初はこっちもまさかねって思うようにしてたんだけど、相手がたびたび思わせぶりな言動をするようになって、これはもしかして間違いないかもってのぼせあがっちゃって。若気のいたりでとうとうある日コクってしまったわけですよ」

「……それで振られちゃったの？」

「うん。言ったとたん、嫌悪もあらわって顔になって『やっぱりそうか』って」

「やっぱりって、気付かれてたってこと？」

「そう。それで向こうも色々カマをかけてたみたい」

「……ひどいですね、それ」

僕はその「草の花」男のやり口にムカッときた。

僕だって結構耕平さんにずけずけ物を言っているし、その状況だったら僕も同じようなリアクションをしたに違いない、と思うのに、そいつが耕平さんを傷つけたということが妙にムカつくのだ。

なんなんだ、この心理は、と一瞬戸惑い、めまぐるしく思考をめぐらして、理由をこじつけた。

悪役はあくまで悪役でなくてはいけないのと同じで、耕平さんはあくまで能天気なアホ男でなくちゃいけない。傷つけられるなんていうキャラクターは似合わない。

そうだ、そういうことだ。

「いや、彼は彼で、確信がもてないことで非難するわけにはいかないしって、色々考えての行動だったんだと思うけど」

自分が耕平さんの立場だったらと考えるとぞっとする。振られてショックってだけじゃ済まない話だ。

「ゲイだってことを、その松尾さんて人に言い触らされたらどうしようとか思わなかった？」

「思った、思った。まあ結局はそんなことなかったんだけど、いつ言い触らされるかと思って、しばらくはビクビクしてたよ」

「そんな状況で、よく地元にとどまろうって思いましたね」

「いやいや、今でこそ笑い話にできるけど、当時はすげーショックでさ。地元どころかこの世にとどまることもできないって思ったよ」

さっき言っていた自殺未遂という言葉がひやりと脳裏をよぎった。

「そのときまで、オレも大学って大ちゃんと同じように考えてたんだ。自分の学力の許す限りの難関校を受験することが、最終目標って感じで」

ものすごく意外だった。この飄々《ひょうひょう》とした男が、そんな俗っぽいブランド指向を持っていた時代があったなんて。

「家の仕事を継ごうとか、考えてなかったの？」

「うん、当時は全然。オレほどの頭脳を持った男が、田舎の食堂継ぐなんて人類の損失だとか思ってたね」

「……やなヤツ」

「うん。当時、結構『オレ様』だったから」

耕平さんは楽しげに笑った。

「ところが、そいつに振られて、何もかもが虚《むな》しくなっちゃったんだ。この先、オレは人を好きになるたびに一生こんな思いをするんだなって思ったら、有名大学に行こうが、一流企業に就職しようが、何もかも虚しいばっかりだって思えてさ」

「…………」

「それで、当時うちのじいさんが使ってた睡眠《すいみん》導入剤をありったけ飲んでみたというわけだ」

「……死に損なった気分って、どんなでした？」

「病院で目が覚めた時は、最悪だったなぁ。胃の洗浄ってめちゃくちゃツラいから、大ちゃんも薬物自殺はやめた方がいいよ」

「はあ……」

「で、人心地ついたあとは、もうとにかくきまり悪くてさ。男って家族に弱みを見せるのって、すげー恥ずかしいじゃん？」

「うん、そうですね」

僕もそうだし、よくいじめにあってる子がそれを家族に話せないっていうのも、そういう心理に近いかもしれない。

「それがさ、死にたくなるほど悩んでることがあったってことが親にバレたわけだから、もう居たたまれないって感じだよ。親はもうぎゃーすか大騒ぎで、いったい何があったんだって詰め寄ってきてさ」

「……話したの？」

「うん。最後にはこっちもやけくそになっちゃって。実はオレは同性愛者で、好きな男に振られたのでこの世をはかなんで自殺をはかりました、と」

……ひゃー。

「反応は？」

耕平さんは、何かを思い出したように吹き出した。

「それがさ、何秒かの沈黙ののち、『なんだ、そんなことか』って」

「すごい。進歩的なご両親ですね」

「いや、多分なんでもない時にそんな告白したら、二人とも腰を抜かしてたと思うんだ。それが幸か不幸かオレのやらかしたバカなことのせいで二人ともショックの限界を越えちゃってたから、判断力を無くしてたんだと思う」

そういうものなのか。

「その程度のことで死のうなんて、おまえはバカじゃないのかって、親父は怒り狂うし、おふくろは泣《な》き喚《わめ》くし」

耕平さんは、小さく笑った。

「それで心底申し訳ないなぁって思いながら二人を見てたら、なんか急に悟っちゃったんだな。一流大学に行っても虚しいとか、そんなアホな自己憐憫《じこれんびん》にひたる前に、こんな身近な人たちがちゃんとオレの存在を肯定《こうてい》してくれてるんじゃないかって」

「それで家の仕事継いだんですか」

「うん。ものすごい短期間に破壊と再生が行なわれたって感じで。高校卒業してから二年間調理の専門学校行って、実家に入った」

「それって、お父さんとお母さんに対する償《つぐな》いみたいな気持ち？」

「うーん、正直言って最初はそれも多少あったな。手放しでオレの存在を認めてくれる人を喜ばせたい、みたいな。でも今は、天職だと思ってる。惣菜作るのも、売るのも、すごく楽しい」

僕は、不覚にも少し感動してしまった。

「……そんなふうに迷いなく思えるのって、すごい」

「いやぁ、実際のところはでも、そんなめでたしめでたしってわけでもないよ。店の経営だってキツキツだし。こう見えてもストレスとかたまることもあるし。で、ときどきこんなことをしてる」

耕平さんはポンポンとハンドルを叩いた。

「こうやってぱーっとドライブに出ると、自分がいかに小さい場所で悩んでたかって気付くんだ。その気になれば、人間なんていつでもこんなふうに簡単に脱出できちゃうんだよな」

僕は耕平さんの横顔を振り返った。

さっき僕も同じことを考えた。

なんだ。みんな同じなんだ。

「そう思うと、逆にまた自分の日常が愛《いと》しくなって、さあ帰ろうって気分になるんだ」

いつのまにか、車は群馬《ぐんま》に戻ってきていた。

館林《たてばやし》インターで一般道におりた。

寝静まった薄暗い土地は、出てきたときとはまた違って見えた。

「十二時過ぎちゃってるけど、連絡しとかなくて平気？　あと三十分くらいかかるし、家の人たち、きっと心配してるよ」

「大丈夫ですよ」

本当はちょっと気になりながらも、僕はわざと強がって答えた。

「何なら、今晩うちに泊まる？」

「いえ、結構です」

「あ、なんだよ。そのホモの部屋になんか泊まれるか、みたいな目は」

……みたいじゃなくて、その通りなんだけど。

でも、不思議なことに僕は、耕平さんの話を聞いても、嫌悪感とかそういうのはほとんど感じていなかった。

泊まりを拒《こば》んだのは、単にそこまで親しい間柄《あいだがら》ではないというだけのことだ。

実際のところ、店以外でしゃべったのは、これが初めてなのだ。

「まあ、頑張って。大ちゃんは優しい子だから、きっとすぐ家族と仲直りできるよ」

調子のいいことを耕平さんが言うので、僕はちょっとカチンときた。

「俺は優しくなんかないです。そういう出任せ言わないでください」

「出任せなんかじゃないよー。大ちゃんはホントに優しいって思ってるよ」

「……何を根拠《こんきょ》にそういうこと言うんですか」

半分怒って問い質すと、耕平さんはにこにこと僕を見た。

「前に、店の前で男の子が駐輪してある自転車に突っ込んじゃった時、大ちゃんスパッて飛び出していって、助けてたじゃん」

……つまんないことを覚えてる人だな。

「それから、ついこの間、店でお客さんが落とした小銭を拾って、わざわざ濡《ぬ》れたのを拭いてあげてたでしょう」

「そんなの、誰だってするでしょう、普通」

「いやぁ、なかなか出来ることじゃないよ」

「……うちは年寄りとか、弟妹《きょうだい》がいるから、世話を焼くのが習慣として身に付いてるだけです」

「偉いなぁ」

「だから、どうしてそう何でもかんでも善意に解釈《かいしゃく》しようとするんですか。俺は義務感でイヤイヤやってるだけなんですよ」

「たとえ義務感でも、できない人間にはできないことなんだよ」

耕平さんは、明るく優しい声で言った。

「大ちゃんはすぐ斜に構えて、露悪的な言い方するけど、そもそも大ちゃんが本当に優しくない人間だったら、そんなに悩まないでさっさと家を出ることを考えてると思うよ」

「…………」

「あれこれ悩むのも、たとえ義務感からでも人に親切にできるのも、大ちゃんが優しいからだよ」

……だから違うって言ってるだろう。

「もっと、自分のこと優しい人って思っていいんだよ」

「……なんだってそう、人をむやみとおだてようとするんですか」

「だって、オレ、大ちゃんのこと好きだもん」

「…………」

僕は一瞬凍りつき、それから胡乱《うろん》に耕平さんを見やった。

「何の冗談ですか」

「あ、別に怯《おび》えなくても大丈夫だよ。取って食おうなんて思ってないし、だいたい、そういう意味で好きになるほど、大ちゃんのことよく知ってるわけでもないし」

当たり前だ。いい加減にしてくれ。

「でも、近々そういう意味の好きに変わっちゃいそうな気もするなぁ」

「……っ」

冗談でもそういう気色悪いこと言うのはやめろっ。そう言いたかったんだけど、さっきの自殺未遂の話が脳裏をよぎって、険のある言葉は喉《のど》の奥にこもってしまった。

耕平さんは一瞬にして、僕の葛藤を見抜いたらしい。

ステアリングを切りながら、おかしそうにくつくつ笑う。

「ほら、やっぱり優しいなぁ、大ちゃんは」

「…………」

「でも、そんな気を回してくれなくても大丈夫だよ。さっきのは受験もあいまって切羽《せっぱ》詰まってた時の若気のいたりで、もうその件に関しては、しっかり免疫《めんえき》できてるから」

免疫？　いったいどんな免疫だ？　その後も何度か失恋を経験したということか？　それとも傷を塞《ふさ》ぐに足りる恋愛をしたということか？

なんか気になる。

高速の余韻《よいん》が身体に残っているせいか、田舎道を八〇キロで走るGT－Rが、ひどくのどかなノロノロ運転に感じられた。

けだるい沈黙を閉じこめたまま、やがて車は僕たちの小さな街の駅前に到着した。

「家まで送るよ？」

「いいです。ここからなら歩いて五分もかからないから」

「時間が遅いから気をつけて」

「平気ですよ。女の子じゃあるまいし」

「あ、すげー春の匂い」

僕が助手席のドアを開けると、耕平さんが浮かれた声をあげた。

沈丁花《じんちょうげ》だ。駅前の掲示板の下に植えられた赤い沈丁花が、星のような花をいくつかはじけさせていた。

「いいよな、沈丁花って。うちは庭がないから植えられないけど」

車が少ないせいか、夜露が空気に蓋《ふた》をするせいか、夜は植物の匂いがよくわかる。

空気は冷たかったけれど、湿った土の匂いがなんだか春っぽいなと思った。

「ねえ、大学のことだけどさ」

耕平さんは、運転席の窓をあけて言った。

「どうしても未練があるなら、一浪して希望の大学受け直してもいいんじゃないの？　一年なんて全然大したことないよ」

「……そうかな」

「そうだよ」

春の匂いは、僕の尖《とが》った神経にやすりをかけた。

「どうもありがとうございました」

思わずぽろっと言うと、耕平さんはちょっとびっくりしたように目をしばたたいた。

「え？　なんで？」

「ドライブ、気分転換になって面白かったです」

サンダル履きで、金も持たずに脱出するのは、なんだか愉快《ゆかい》だ。

「ホント？　よかった」

耕平さんはぱっと笑った。

「いや、なんかうちの駐車場で会ったとき様子がおかしかったから、そのまま帰すのもどうかと思って、あちこち連れ回しちゃったんだけど。そう言ってもらえると、ちょっと嬉しい」

何気ない感じに言われたその言葉は、僕には意外だった。

耕平さんの性格からして、今夜のドライブは考えなしの悪ノリだとばかり思っていたのだ。

そんなふうにこっちの心情を気遣《きづか》ってくれていたなんて、思いもしなかった。

普段、人の世話を焼くことはあっても、焼かれることは滅多《めった》にない僕は、リアクションに困ってまごまごと視線をうろつかせた。

耕平さんは僕の動揺など気付いた様子もなく、

「また行こうよ、ドライブ」

さらっと笑って言った。

あまりに屈託《くったく》のない笑顔だったので、僕は身構えるのも忘れてうなずいてしまった。

「店にもまた来てよ」

窓から顔を出して、耕平さんは念を押した。

その声と表情が、なんだか次の遊びの約束を取りつける小学生のようで、今度は僕が笑ってしまった。

「あ、今日初めて笑顔見た」

耕平さんが言った。

なんだか僕はどきんとなった。

「……そうだっけ」

「うん。なんか嬉しいな」

「…………」

「家族喧嘩の顚末《てんまつ》、あとで教えてね」

「……気が向いたら」

「はは。じゃあね」

顎先《あごさき》だけの会釈《えしゃく》を返して通りを渡ろうとすると、

「あ、大ちゃん」

背後から陽気な声で呼び止められた。

「なんですか」

「こっちこそどうもありがとう」

いきなりわけのわからないことを言われて、僕は怪訝《けげん》に耕平さんを振り返った。

「……別にお礼を言われる筋合いないけど」

「オレのしょーもない身の上話聞いても、全然態度変えないでいてくれたじゃん。そのお礼」

「……思いっきりひいてたつもりなんですけど」

胡乱《うろん》に返すと、耕平さんはからから笑った。

「あ、そう？　全然気付いてなかった」

妙なことに、僕は一瞬憮然《ぶぜん》としてしまった。

もちろん状況の深刻度もお互いの立場も全然違うけれど、ゲイだと告げたときの「草の花」男の反応に自殺まで考えたという耕平さんが、僕がドライブの途中で「車をおりる」と言ったことに関しては毛ほども気にとめていないというのが、なんとなく面白くない。

「結局、俺のことなんて全然関心ないんじゃん」

どういうつもりか、僕はあたかもそれが不服だとでも言いたげな口調で、そんなことを言ってしまった。

耕平さんは一瞬きょとんとして、それから三日月みたいな目で笑った。

「なになに、関心持っていいの？」

「べ、別にそんなこと言ってないです」

「っていうか、もうすでにかなり関心持ってるけど？」

「結構ですっ」

「おお、許可が出た」

ふざけるな。

「結構っていうのは『もう結構』の結構です」

「うひゃひゃ。大ちゃんって面白いねぇ」

何なんだよ、まったく。

食って掛かろうとしたら、シャツ一枚の身体に夜風がしみてくしゃみが出た。

「やばい、風邪引いちゃうね。早く帰ったほうがいいよ」

そっちが呼び止めたくせに。

今度はあっけなく耕平さんは車を発進させた。

ハザードランプをにこにこと三回点滅させて、寝静まった夜の街へ滑りだしていく。

自由で楽しげな車の後ろ姿を眺めていたら、僕も免許が欲しくなった。免許を取ったら、耕平さんはあのワルそうな車を運転させてくれるだろうか。

そんなことを考えながら歩き出し、ふと空手の自分に気付いた。思いがけない展開で、当初の目的だった鞄のことをすっかり忘れていた。

まあいいや。どうせ明日もかみやに買物に行くし。

考えてみればずいぶんヘビーな話を聞いたあとなのに、不思議と後味の悪さがなかった。


家のそばまで来ると、寝静まったご町内の中、うちだけ茶の間の明かりがついているのが見えた。

ちょっと気が重くなる。

きっともう親父も帰ってきてるだろう。良太やおばあちゃんまで、起きて待ってるかもしれない。

みんな反省しちゃってるのか、それとも僕の暴言を怒っているのか呆れているのか。

案外、四人でモノポリーに興じてたりして。

なんとなくきまり悪くて、しばらく玄関の前で躊躇《ちゅうちょ》していたのだが、さすがに寒さが身にこたえて、引き戸に手をかけた。

奥から一瞬良太の頭が覗き、すぐに引っ込んだ。

「帰ってきたよ、おにいちゃん」

興奮気味に触れ回る声が聞こえる。

気後れしているように思われるのがいやで、僕はさっさと靴を脱ぎ、何事もなかったように茶の間の襖を開けた。

案の定、家族全員が起きていた。

気まずい沈黙が波紋のように空気を伝わった。

言葉が出ずに黙っていると、親父が騒々しい音をたててラーメンをすすった。

「おまえも食べるか？　なかなかうまいぞ」

「ちょっとやめてよ、お父さん。またそんなもの食べさせてるって、お兄ちゃんに怒られちゃうよ」

未来が小声で親父に釘《くぎ》を刺した。

「どこ行ってたんだい、この寒いのに」

少し疲れた声で、おばあちゃんが訊いてきた。

「友達とドライブ。おばあちゃん、もう寝た方がいいよ。良太も」

気配を消すように部屋の隅でマンガを読むふりをしている良太の頭を、僕は少し後ろめたい気持ちでぽんと叩いた。

憤《いきどお》りはGT－Rのスピードでほとんど吹き飛ばされてしまって、あとに残ったのは大人げないことをしたというきまり悪さだった。

「じゃ、大輔も帰ってきたことだし、そろそろ休ませてもらおうか」

おばあちゃんは机につかまりながら立ち上がった。

足腰が定まらずにふらついたのを、未来が横から支えた。

「急に立っちゃダメだよ」

「悪いね。役に立たないだけじゃなく、みんなの手ばっかりわずらわせて」

「何言ってるのよ」

未来がおばあちゃんに手を貸して、茶の間を出ていった。

「オレも寝よっと」

この場にとり残されるのを恐れるように、良太も二人のあとを追ってバタバタと駆け出して行った。

「……なんかちゃんとしたもの食う？」

新聞や郵便物を片付けながら、僕は親父にぶっきらぼうに訊ねた。終電まで仕事をして、夕飯がインスタントラーメンだけではあんまりだ。

「いや。未来が色々具を入れてくれたから、もう十分だ」

親父はまだ食べきっていない丼を前に押しやった。

「しかし生煮えのじゃがいもとソーセージと生卵の入ったラーメンっていうのは初めて食ったな」

……お気の毒さま。

「未来なりに栄養のバランスを考えたんじゃないの？」

そんなフォローをしたのは、嫌味なんかじゃなくて本心だった。

さっきはひどい言い方をしてしまったが、ほとんど台所に立ったことのない人間にとっては、インスタントラーメンの火加減ひとつだって難しいものだ。何にしろ、具を入れようと思い立っただけでも、評価に値《あたい》する。

……頭ごなしにガンガン言うんじゃなかった。

親父と二人でいても話すことなど何もないので、僕は番茶を入れて親父の前に置き、さっさと立ち去ろうとした。

「大輔」

ふいと親父に呼び止められた。

「……何？」

「今日はまた、随分遅かったな」

なんか今更って感じの、間の抜けたコメントだ。おばあちゃんや未来から、散々事情は聞いてるだろうに。

「小学生じゃないんだから、俺だってたまにはそういうこともあるよ」

「うん、まあそれはそうだが、おばあちゃんや良太がこんな時間まで起きて心配してるってのもどうかと思ってな」

「……俺はおばあちゃんや良太のためだけに生きてるわけじゃないし」

親父の言い方が言い方だったので、つい反抗的な口調になってしまった。

親父はちょっと目を見開いた。

普段はイラつくことがあってもあまり口に出さないし、そもそも親父とはほとんど話らしい話をすることもないので、珍しい僕の態度にちょっと驚いたらしかった。

本当の苛々はもうとうに通り過ぎてしまっていたので、僕はすぐに言葉の険を引っ込めた。

「これからはなるべく気をつけるよ」

「いや、父さんもなるべく早く帰るようにしたいと思ってはいるんだがな」

番茶をすすりながら、親父がぼそっと言った。

これもまた珍しい発言だったので、今度は僕が上目遣いに親父を窺《うかが》い見《み》た。

「どうしたの、急に」

「……おばあちゃんたちから聞いたけど、おまえは本当は東京の大学に行きたかったんだってな」

何を今更。

「何度か言ったと思うけど」

「いや、そう思っていたのは知っていたんだが、結局すんなり地元の推薦を選んでくれたし、おまえがいなくなると家の中のことも心配だから、内心ほっとしていたんだ。正直なところ、東京となると経済的な問題もあるしな」

「…………」

「物わかりのいい長男に、父さんは少し甘えすぎていたのかな」

親父は珍しくくしゃっとした笑みを浮かべて、目の前の丼にあごをしゃくった。

「今日の晩飯で、しみじみ大輔のありがたみが身にしみたよ」

「そんなことでありがたがられてもね」

そっけなく言い放ってはみたが、正直なところまんざらでもなかった。

普段何もしない未来が作ったものの方が断然おいしいなどと言われたら、僕としては立つ瀬がない。

親父は机の上で指を組んで、少し考え込むように空を見た。

「大輔」

「なんだよ」

「もし大輔がどうしても東京に行きたいなら、父さんもよく考えてみるよ」

「何言ってるんだよ。いまさら手遅れだろ」

「今年は無理でも、来年がある」

「なんでせっかく受かった大学を棒に振って、浪人しなきゃなんないんだよ」

うわー、ヤなヤツ。

心のなかで、僕は自分に舌を出した。

東京まで行ってやりたいことなんて、本当はありはしないのに。どうしてか家族の前では斜に構えたポーズを作ってしまって、素直な気持ちを話せないのだ。

「地元の大学なら引っ越ししなくてもいいからラクだしね。だいたい、俺がいなくなったら、この家の人間はみんな栄養失調になっちゃうよ」

偉そうに、恩着せがましく、僕は言ってのけた。

「そう言ってもらえると本当にありがたいよ。正直なところ、大輔がいてくれると安心だ」

親父はぼそっと言って番茶をすすった。

結局、僕はそういう立場に運命づけられてるんだよなと皮肉っぽく考えながら、ふとさっきのおばあちゃんの台詞《セリフ》を思い出した。

『悪いね、役に立たないだけじゃなく、みんなの手ばっかりわずらわせて』

おばあちゃんはよくそういういじけたことを言って、僕はそのたびにフォローさせられることや、その毒舌に辟易《へきえき》しているのだ。

でも、役に立ちたいのに立てない焦《あせ》りとか悲しさって、本人にとっては結構なストレスなんだろうな。

物理的に人の役に立たないから要《い》らない人間だなんてことは、絶対にないと思う。だけど自分がもしおばあちゃんの立場だったら、やっぱり自分の存在意義とか考えてしまうに違いない。

自分の存在が誰かの役に立っているというのは、実はすごくありがたいことなのだ。

もっとも、だからといって突如《とつじょ》無欲の奉仕《ほうし》の人になんかなれる筈もなく、僕はこの先もずっと「どうして僕が」とぶつぶつ言いながら暮らして行くのだろうけど。

「もう寝ようよ。明日も忙しいんでしょう」

僕は机の上の丼を片付けながら促《うなが》した。

「そうだな」

親父はそれでも腰をあげず、普段は家では滅多に吸わない煙草《たばこ》に火をつけた。

「このご時勢に忙しいのはありがたいことだがな。たまには家族でのんびり温泉にでもいきたいもんだな」

煙と一緒に吐き出された疲れたような言葉に、僕は少し驚いた。

僕はいつも無意識に、親父のことをずるいと思っていた。家族の面倒は一切僕に押しつけて、自分は仕事に逃げてしまう、と。

だけど、ものすごく当たり前のことだけど、親父は毎日僕らのために働いているのだ。

逃げるといったって、好きなことを仕事にしている人はともかく、親父のような普通のサラリーマンにとって仕事が逃げ場になるほど楽しいこととは限らない。

結局、僕の被害者意識は、ある意味ではただの自己中心的なわがままなのかもしれない。みんな要領よくラクをしているように見えるけれど、おばあちゃんも親父も、未来や良太だって、それぞれの立場に立ったら大変なことがたくさんあるのだろう。

あのお気楽そうな惣菜屋にも、僕などにははかり知れない悩みがあったように。

「温泉、良太が大喜びするよ」

「そうだな。それじゃ、ゆっくり休みがとれるように、仕事を頑張らないとな」

「なんだよ。ますます忙しくなるじゃん」

僕が言うと、親父は苦笑いを浮かべ、夕刊に目を落とした。

考えてみれば親父とこんなに長い会話を交わしたのは、久しぶりのことだった。

妙な一日だったと思いながら襖を開けると、未来と良太が廊下でぴょんとあとずさった。

……この立ち聞き小僧《こぞう》ども。

「もう寝ろって言っただろう」

ジロリとにらみつけると、良太は未来の背中に隠れ、それからそっと顔だけのぞかせた。

「ねえ、お父さん温泉に連れていってくれるって言ったよね？」

「いつになるかわからないけどな」

「でも言ったよね？」

「……ああ」

「わーい。おんせーん」

良太は嬉しくてたまらない様子で廊下をどかどか踏みならした。

「静かにしろよ。おばあちゃんが眠れないだろう」

「はーい」

「ドアはそっと閉めるんだぞ」

「うん。おやすみ」

ちまちました良太の後ろ姿を見送って視線を戻すと、未来がじっと僕を見ていた。

「……なんだよ。悪かったな口うるさくて」

喧嘩の発端《ほったん》を思い出し、相変わらずの僕の小言を非難しているのだと思って言うと、未来は口を尖《とが》らせて下を向いた。

「お父さん、私にはおいしいって言ってくれたのに、やっぱりマズかったんだね」

「え？」

「ラーメン」

……なんだ。気にしてたのか。

「フタをしたらふきこぼれるし、卵を入れたらちっとも煮えなくて、ぐつぐつやってたら三分シイね」

なんかとっくに越えてメンがでろでろになっちゃうし。インスタントラーメンって結構ムズカ
どんな味がしたんだか。親父も気の毒に。

「お兄ちゃんはいいよね。器用でなんでもできるし、お父さんにだってあんなふうに『大輔がいれば安心だ』とか言われてさ」

これもまた意外なコメントだった。

どう考えたって、僕には未来の方がよっぽど羨《うらや》ましい。好き勝手なことをして、それでまかり通ってしまうなんて、得な性格だよなと思う。

結局、みんな人のことは恵まれているように見えるものなのだろうか。

「俺もラーメンは何度かふきこぼしたことあるよ」

「ホント？」

「ああ。何回かやってれば、そのうち慣れるさ」

「何回かって、もうお料理はヤだよ」

「何言ってるんだよ。おすすめの慶応に俺が行けば、うちの家事担当は当然おまえってことになるんだぜ」

ちょっと意地の悪い言い方をすると、未来は視線をあげた。膨《ふく》れっ面《つら》をしたまま、口の中で小さく「ごめんなさい」とつぶやいた。

「お兄ちゃんが地元の大学に行く理由、知らなかったんだもん」

これは多分、僕にも責任がある。

僕は一人で大変ぶりながら、自分の不満をはっきり口にすることなく、勝手に鬱屈《うっくつ》をため込んでいた。

わざわざ口にしなくても、僕の大変さを見ていれば普通は察してくれるものだろうと内心では決め込んでいたが、考えてみればそれは随分厚かましい理屈だ。

理由も知らずに非難されたら、未来だって割に合わないに違いない。

「お兄ちゃんがいなくて、今夜はかなり困った」

未来が渋々といった口調で打ち明けた。

「楽しくやってたって言わなかったか？」

「うん。うるさいこと言う人がいないから、楽しかったのもホントだけど」

「……一言余計なんだよ」

僕が眉をひそめると、未来はようやくいつもの顔になって笑った。

「もう寝るね。夜更かしすると肌《はだ》が荒れるから」

「チューボーのガキが何言ってるんだか」

「なによ。そんなこと言ってバカにしてるけど、そのうち私が大女優になったら、お兄ちゃんだってオンケーを受けれるんだからね」

たとえ夢でもそんなでかい望みを抱けるその能天気さが羨ましいよ。

「家政婦さんだって雇《やと》えるから、お兄ちゃん、もう家事とかしなくて済むよ？」

「そんな実現不可能な話の前に、おまえが家事を手伝え」

「わかってるよ。部活がヒマな時はね」

どうせヒマなんかないくせに。

内心ぶつぶつ言いながら、僕は四畳半の寒い自室に戻った。

寝る前に、閉め切りだった部屋の空気を入れ替えようと窓を開けると、ふわっと甘い匂いがした。

見下ろすと、玄関の前の沈丁花が白い花を咲かせ始めていた。

このところよほどゆとりのない精神状態だったのか、自分の家にも沈丁花があったことなど、すっかり忘れていた。

だいたい、植物というのは花の咲く時期以外は透明人間みたいに存在感を消し去っているから不思議だ。

そういえば、さっき惣菜屋がこの花が好きだって言ってたっけ。今度かみやに行くときに一枝持っていったら、惣菜をおまけしてくれるかな。

……いや、男に花を持っていくなんてヘンだ。たった数時間で何かに毒されてしまったのだろうか。

冗談じゃないぞと、僕は慌てて頭を振った。

結局、色々あったようでいて、実際の事態は何の変化も進展もない一日だった。明日からも、また変わらない生活が続いていくのだ。

「あーあ」

一人でため息をついて、僕はベッドに仰向《あおむ》けになった。

だがしかし、僕はマゾっけがあるのだろうか。

さっき表から明かりのともった我が家を見たときのことを思い出す。

自分を犠牲者のように感じて、逃げ出したいなんて思っていたくせに、現実感のない数時間のドライブから戻ってきてみたら、しがらみの象徴《しょうちょう》のような明かりが、懐《なつ》かしかったりするのだ。

僕はやっぱり、東京の大学に進学するやつらを羨ましいと思う。

あるいは自分の夢の実現のためなら、家族とか色々なしがらみなど二の次だと思える人たちを、とてもかっこいいと思う。

でも、僕は多分、そういうタイプの人間ではないのだ。

文句を言いながらも、結局今の僕は、この家に居場所を持っている。

耕平さんのせいなのかおかげなのか、とにかく感化であることには間違いない。

感謝するべきか、腹を立てるべきか悩んでいたら、くしゃみが出た。

僕は電気ストーブのスイッチを入れて窓辺に寄り、まだ早い春の気配を締め出した。

「うそ、マジでお孫さん？」

相変わらずお調子者っぽい耕平《こうへい》さんの声が、夕暮れの店先に威勢よく響いていた。

「ぜんぜん見えねー。オレ、マジでおばちゃんの娘さんだと思ってたもん」

「何言ってんだよ、耕ちゃん。この皺《しわ》くちゃばあさんをつかまえて」

「うわー、ケンソン、ケンソン。どう見ても親子っすよ」

「もう、嬉《うれ》しがらせてくれるんだから。じゃ、きんぴらとコロッケもいただこうかしら」

「毎度！」

例によってビニール袋に手際よく惣菜《そうざい》を包んでいく。

いつもながらの口八丁を呆《あき》れながら眺《なが》めていると、客を送り出した耕平さんがくるっとターンをしてにこにこと僕を振り返った。

「らっしゃーい」

「……調子いいですね」

「うん、おかげさまで花粉症にもかかわらず絶好調」

「……いや、その調子じゃなくて、お調子者っていう意味の調子」

「はい？」

「どうやったらあんなミエミエのお世辞言えるんだか」

「お世辞じゃないよ。そりゃ多少は脚色してるけど、イキイキしてて元気なおばさんじゃん？」

「それにしても脚色しすぎですよ。どうやったって孫にしか見えなかったけど」

「せちがらいなー、大《だい》ちゃん」

「……どんな日本語ですか」

馬鹿馬鹿しくて思わず笑ってしまうと、耕平さんは片目をつぶって、指先で作ったファインダーを僕に向けた。

「いいなー、大ちゃんの笑顔」

僕はぱっと真顔に戻った。それを見て今度は耕平さんが笑った。

「沙里奈《さりな》に聞いたけど、今日は卒業式だったんだって？　もしかしてオジサンに卒業の報告に来てくれたとか？」

「……そんなわけないでしょう」

なんで僕が耕平さんにいちいちそんなことを報告しなきゃなんないんだよ。

ふいと耕平さんが、顔を突き出してきた。

「な、なんですか」

「大ちゃん、なんかフェロモン発してない？」

フェロモン!?

「何バカなこと言ってるんですか」

「だってさー、さっきからなんかいい匂いしてて、オレ、悩殺されそう」

背を屈《かが》めて、大きな犬みたいに僕の髪や肩に鼻先を寄せてくる。

髪と髪がふわっと触れて、意味もなく赤面しそうになった。

「フェロモンなんか出すはずないでしょう。これですよ、これっ」

僕は提《さ》げていた紙袋を耕平さんの前に突き出した。

「え？」

「好きだって言ってたから」

耕平さんは紙袋を覗《のぞ》き込《こ》んで、ぱっと弾《はじ》けるような笑みを浮かべた。

「沈丁花《じんちょうげ》？　オレにくれるの？」

「……惣菜を買いにきたついでです」

ついでという部分に力をこめて、僕は答えた。

「嬉《うれ》しいなぁ、大ちゃんから花をプレゼントされるなんて」

……だから。だからそういう意味ありげなニュアンスに受け取られないように、無造作に紙袋に突っ込んできたっていうのに。

「ついでですよ」

「うん、花を届けるついでに、惣菜まで買いにきてくれたんだ。嬉しいなぁ」

ちがーう！

「ついでは花の方です！　たまたまうちの庭に咲いてたから」

人の言うことなど全然聞いてはいない顔で、耕平さんは「花ビン〜花ビン〜」とお経のように唱《とな》えながら沈丁花を鼻先に持っていった。

「うーん、春の匂い」

子供のように笑って、それからふと、穏やかな目で僕を見た。

「ついでもなんでも、すごく嬉しい。ありがとう」

……なんだ、ちゃんと聞こえていたのか。

あんまり嬉しそうにお礼を言うので、僕はついでを強調しすぎた自分にいわれのない罪悪感を覚えてしまった。……なぜだ。

「お客さんにも香りのお裾分《すそわ》けをしようか」

耕平さんは、ハサミやマジックペンや懐中電灯が立ててあったデミグラスソースの缶を引っ繰り返した。

空《あ》いた缶に水を張り、沈丁花を生けてレジの横に置いた。

「食べ物屋さんの店先に、匂いの強いものってマズくないですか」

「平気だよ。別にオレ、頑固オヤジじゃないし。それに、季節の香りもご馳走の一種じゃん？かー、オレっていいこと言うなぁ」

……何言ってんだか。

「ところで大ちゃん、ご家族とは仲直りできた？」

「……まあ一応」

「よかったな。で、大学はどうしたの？」

「どうもしませんよ。受かってるところに行きます」

「東京はやめたのか」

「やめるもなにも、ここで僕が推薦《すいせん》を蹴《け》ったりしたら、もううちの学校に推薦枠もらえなくなっちゃうから、いまさら進路変更なんて不可能です」

あーあ。僕ってホントにヤなやつ。

本当はそんな理由だけで地元に残る気持ちを固めたわけじゃないし、家族とのあれこれだって、耕平さんが気分転換のドライブに連れていってくれたことがかなりプラスに働いたのだ。

それなのに、どうしても素直な言葉が出てこない。

耕平さんはそんな僕の横柄《おうへい》な態度を気にとめるふうでもなく、細い目でにこにこ笑った。

「まあでも、オレ的には結構嬉しいな。今までどおり大ちゃんと頻繁《ひんぱん》に会えるし」

「……客の機嫌とりがうまいですね」

ううう、誰かこの口をどうにかしてくれ。

「客だなんて水臭《みずくさ》いなー。大ちゃんはそりゃお客さんでもあるけど、オレの大事な友達でもあるでしょう」

いつから僕がダチになったんだよ。

「別に買物なんかなくたって、気楽に遊びにきてよ」

「……………」

「あ、なになに、その目。もしかして下心があるとか思ってない？」

「……別に思ってませんよ」

「思ってないの？　うかつな子だなー。本当はアリアリなのに」

「…………」

「なんちゃってー。冗談冗談。ってことにしておこう」

なんなんだよ。ふざけてばっかりで。

くだらないやりとりをしているところに、今度は明らかに孫ではなく親子連れが入ってきた。

「らっしゃーい」

常連客らしく、耕平さんは四つくらいの小さな女の子の前に身軽に屈《かが》んだ。

「よう、あやちゃん。今日もお姉ちゃんとお買物?」

「おねえちゃんじゃないよ。ママだよ」

「あー、そうだったな。あんまり若くてきれいなママだから、いつもお姉ちゃんと間違っちゃうよ」

……今度はお姉ちゃんかよ。ホントに調子がいいんだから。

そんな見えすいたお世辞でも、言われた本人は悪い気はしないらしい。しきりと照れながらも嬉しそうな様子で、軽口を叩き合っている。

会計を済ませたあと、耕平さんは手慣れたしぐさで女の子に棒つきのチョコレートを握《にぎ》らせて、送り出した。

商売人が板に付いたそんな客とのやりとりをじっと眺めていると、耕平さんは僕を振り返ってくしゃっと笑った。

「何か言いたそうな目だな」

「……別に」

「『こんな田舎町《いなかまち》で、毎日毎日オバサンの相手して、夢も可能性も皆無って感じでイヤにならないか』って?」

僕は思わず赤面しそうになった。

それは前に僕が耕平さんにぶつけた不躾《ぶしつけ》な質問だった。

正直、今もそんなふうなことは思っている。けれどそれは、最初にそう訊《たず》ねた時のような剣呑な意味あいではなく、なんというか、ちょっと不本意だけど、微妙に羨望《せんぼう》が入り交じっていたりする。

もっともっと、いろんなことができるだけの能力を持っていたくせに、耕平さんはその可能性をつぶしたことを微塵《みじん》も後悔しているようには見えない。

僕は果たして、自分の選択を後悔せずに耕平さんのように日常に満足していけるのだろうか。

「……仕事、楽しそうですね」

「うん、おかげさまで」

耕平さんは笑って、さっき缶から放り出した懐中電灯を手に取った。

「ねえ、ちょっとキザなこと言ってもいい？」

「……なんですか」

懐中電灯のスイッチを入れて、耕平さんは店の奥の影になっている部分を照らした。

円《まる》い光の輪が、ぼんやりと壁全体を明るくする。

「懐中電灯ってさ、こうやって遠くに向けると広い範囲が照らせるけど、なんか薄ぼんやりしてるでしょ？　逆にこうやって近くに寄ると」

言いながら奥の壁に近付いていく。

「すごく狭《せま》い場所しか照らせなくなるかわりに、明度がぐっとあがるんだよね」

光の輪はどんどん小さくなり、壁に掛かった額縁《がくぶち》の一部分を明るくくっきりと照らしだした。

「あー、ここ汚れてたな。ちゃんと掃除してるつもりでも、埃《ほこり》ってついちゃうんだよな」

ぶつぶつ言いながら、額縁のふちをシャツの袖《そで》でごしごしこすり、

「いや、掃除はまたあとにしてだね」

くるっと振り向いて、子供がいたずらをするように、懐中電灯の光をやみくもにあちこちに向けた。

「要するに、夢や可能性の幅は狭くなったけど、別にそういうのがなくなったってわけじゃないんだ」

「……一点集中でむしろ鮮明になったってこと？」

「そうそう」

耕平さんは懐中電灯の明かりを上下にうなずかせた。

「子供の頃は無限の可能性とか夢を持ってたのにって時々淋《さび》しくなることもあるけど、それってよく考えると幻想なんだよね。子供は何にでもなれるわけじゃなくて、現実的には何にもなれないからこそ、恐いもの知らずで無知で、大きな望みを抱《いだ》けるんだと思う」

「……結構シニカルですね」

「いやいや、反対だよ。自分は何にでもなれたはずなのにって過去の幻影に依存して悶々《もんもん》とし

てるより、現状を肯定《こうてい》して毎日の生活を面白《おもしろ》がることの方が、オレには大切ってこと。……しかしエラそうに何を述べてるんですかねぇ。オレって何様？」

耕平さんは自分で自分を茶化して愉快《ゆかい》そうに笑った。

……なんだかな。耕平さんの言うことは、時々妙に奥が深い。……ような気がしてしまう。最初はホントにただの能天気なやつって印象しかなかったのに、時々どうとらえていいのかわからなくなる。

「ねえ、大ちゃん」

耕平さんの声に、僕はまた鋭い質問でもされるのかと思って、少々身構えて顔をあげた。

「コワい〜？」

耕平さんは懐中電灯の明かりを顎《あご》に当てて顔を下から照らしだし、白目を剥《む》いている。

「……何やってるんですか、いい歳して」

前言撤回《てっかい》。やっぱりただの能天気男だよ、こんなやつ。

「ねえねえ、大ちゃん」

「恐くないですよ。ぜんぜん。まったく」

「そうじゃなくてさ、大学生になったら、うちでバイトしない？」

「は？」

「パートのおばさんが今月いっぱいで一人やめちゃうんだ。大ちゃんみたいな几帳面《きちょうめん》なコに

来てもらえると助かるなぁ。時給はずむし」

「……遠慮《えんりょ》します。接客業は向いてないから」

「そんなことないよ。それにほら、うちのおかずもお持ち帰り放題だよ。どうどう？」

「…………」

それはちょっと心動かされるかも。

「んー、悩んでる？　もしかしてまた下心を疑われてるのかな」

そんなことは考えてもいなかった。

「……下心があるんですか」

「ないよー、少ししか」

ふざけろよ。

「やっぱり遠慮します」

きっぱり言うと、耕平さんは面白そうに声をたてて笑った。

いったいどこまでが冗談で、どこまでが本気なんだよ。まったく摑《つか》み所《どころ》のない人だ。

しかも。耕平さんの過去を知ったうえでこういうジョークを振られても、馬鹿馬鹿しいと思いこそすれ全然不愉快《ふゆかい》に感じない自分が不思議だった。

そんな自分に一人混乱しながら、僕はそもそもここにきた正当な用件を思い出した。

「ひじきの煮付けと、かぼちゃのサラダをください」

「あ、なんだよ。いきなりお客さんモード？」

「最初から客以外のなにものでもないです」

「へいへい」

耕平さんは楽しそうに鼻歌を歌いながら、菜の花畑のようなサラダをビニール袋にとりわけた。

薄暖かい春風が店の日除《ひよ》けを揺らして、沈丁花の匂いを密《ひそ》やかに空気に混ぜこんだ。

春が来て、僕は大学生になる。

そして結局、僕はかみやにバイトに来ることになるのだが、それはまだ少し先の話だ。

春の嵐

けだるく空《す》いた電車をおりると、春の風がなまあたたかく頬《ほお》を撫《な》でた。

もう四時すぎだというのに日差しは明るく、長袖《ながそで》のシャツが少し鬱陶《うっとう》しい感じがする。

駅を出ると、街路樹の花水木《はなみずき》がずらりと薄紅色の花をつけ、何の面白《おもしろ》みもない僕の街の駅前通りが、わくわくするような華やぎに染まっている。

僕はどうも思考が後ろを向きやすく、暑ければ暑い、寒ければ寒いでいつも季節に文句を言っているタイプなのだが、そんな僕でも春はやっぱりいい季節だなと思う。

毎日少しずつ日が延びていくのは楽しいし、春霞《はるがすみ》のかかった緑の匂いのする空気は、気分を浮き立たせてくれる。

夜の営業に備えてまだシャッターのおりている飲食店や、のどかな店構えの靴屋など、統一感のない商店街を急ぎ足で行くと、やがて街路樹や排気ガスの匂いを押しのけて、すきっ腹を刺激するおいしそうな匂いが漂《ただよ》ってくる。

ひなびた商店街の一角で、かみやは今日も賑《にぎ》わっていた。

僕を見つけると、耕平《こうへい》さんは獅子舞《ししまい》の獅子のような丈夫そうな歯をみせて微笑《ほほえ》んだ。

「おかえり、大《だい》ちゃん」

「……耕平さんにおかえりって言われる筋合いはないんですけど」

ここは僕の家でもなんでもない。

「相変わらずシニカルだなぁ、大ちゃんは。大家と言えば親も同然でしょう」

「なにわけのわかんないこと言ってるんですか。俺はただのバイトです」

きっぱり言い捨てて、僕は大学のテキストや辞書の詰まった重い鞄《かばん》を肩からおろした。

そう、僕は常連客から一転して、一週間前からここでバイトをしているのだ。

以前から冗談半分って感じで誘われてはいたのだけれど、大学入学から一ヵ月たって学生生活にも慣れ、済《な》し崩《くず》しに冗談が本当になってしまった。

バイト代のことだけを言えば、もっと割のいい仕事はほかにもあるのだが、なりゆき上一家の主婦を担《にな》っている僕にとって、バイト先が家に近いことと、商品のおかず持ち帰り放題というのは、時給以上にポイントが高かった。

僕がエプロンをつけている間にも、お客さんは途切れることなくやってくる。

「いいお天気ねぇ、今日は」

「らっしゃーい。ヨシさん、セーターがお洒落《しゃれ》だね」

「やだわ、耕ちゃんったら。いい歳してこんな鴇色《ときいろ》はどうかと思ったんだけど、娘がプレゼントしてくれたもんだから」

「すげー似合うよ。どこのお嬢さんかと思っちゃったよ」

「まったく上手《じょうず》ね、耕ちゃんは」

「いや、マジで」

相変わらずのみのもんたトークを炸裂《さくれつ》させながら惣菜《そうざい》を売りさばいていく手際は、まさにプロって感じ。

呆《あき》れ半分、感心半分で僕も売場に立つと、お客さんを送り出しながら耕平さんはちらりと僕を振り返った。

「大ちゃん、手」

「洗いました」

「液体石鹸《せっけん》で、三十秒って言ったでしょう」

背中に目がついているらしい。僕はすごすごと流しに戻った。

大雑把《おおざっぱ》だけど、ちゃんと洗ったのに。だいたい、惣菜を包装するときにはトングやビニール袋を使用して、絶対に手で触ることはない。逆にお金は手で受け取ってしまうのだから、そこまで手洗いに神経質になることないのに。

「清潔さも商品の一つでしょう」

僕の内心の不満を見透かしたように、耕平さんは笑顔で言った。笑顔っていっても耕平さんの場合真顔が笑顔なので、これは割とシリアスな表情だ。

「実際に清潔なことも重要だけど、これだけ清潔にしてますよってお客さんにアピールして安心感を与えることも、すごく重要なんだよ」

なんとなく馴れ合いの延長があって、耕平さんに注意されるとチェッとか思ってしまうのだけど、謙虚《けんきょ》にバイトの立場に立ち返れば、それは確かにその通りだった。

たとえばタイ焼き屋さんとかで、お金を触った手で直《じか》にタイ焼きをつかまれたりするとげげって思うし、学食のおばさんが薄汚れた布巾《ふきん》で手を拭《ふ》いているのを見るとそれだけでお腹が痛くなりそうな気がする。それが実際健康に害は及《およ》ぼさない範囲だと証明されたところで、見た目の印象はかなり気分を左右する。

それに引き替えかみやは、惣菜の配列や店構えはごちゃごちゃしていても、清潔さは徹底《てってい》している。布巾は目が痛くなるほど真っ白にブリーチされてるし、陳列棚《ちんれつだな》や容器や使い込まれた古い鍋も、ぴかぴかに手入れが行き届いている。

「すみませんでした」

有言実行の雇い主に、一応反省して謝ってみせると、

「え、なにが？」

耕平さんはもう自分が言ったことなど忘れたように、にこにこしている。

この一週間の間に、細かな注意や叱責《しっせき》を受けたことは何度かあるが、たしなめる言葉はほんの一言二言で、すぐに耕平さんはいつもの笑顔に戻ってしまう。

こういうところも、僕とは大違いだ。僕は未来《みき》や良太《りょうた》に小言を言うと、自分の言葉に触発されてあれこれの不満を思い出してますます腹が立ったりしてしまう。

前に沙里奈《さりな》が、耕平さんのことを高校時代にモテモテだったと言っていた。今は、店の性質上お客さんの年齢層は少々高めだが、それにしてもやっぱり耕平さんは女性客に人気がある。

飛び抜けて造作が整っているとかいうわけでもないのに、なんとなく耕平さんが魅力的に見えるのは、多分こういう性格の上質さによるものなんだろうな。

もちろん、そんな内心の感心は口が裂けても耕平さんには言わないけど。

二組のお客さんが入ってきて、僕は顔見知りの常連さんに声をかけた。

「いらっしゃいませ」

「あら大ちゃん、今日は早いのね。大学はもう慣れた？」

「はい。忙しいけど、まあまあです」

かみやは常連客が多く、バイト一週間めにして、僕はすでにかなりのお客さんに顔を覚えてもらっている。

「大ちゃん、おうちじゃ家事一切をとりしきってるんですって？　耕ちゃんから聞いたわ。偉いのねぇ」

「あ、いえ、そんな」

また耕平さんは余計なことを。

「うちの娘たちに、爪《つめ》の垢《あか》を煎《せん》じて飲ませたいわ。まったく洗濯一つ自分じゃしないんだから」

「はあ」

接客に不慣れな僕は、さすがに手八丁口八丁の耕平さんのようなやりとりはできない。

「今日は娘が友達を連れてくるんだけど、何か見栄《みば》えのするおかずってないかしら」

ようやくお客さんが本題に入ってくれたのでほっとした。

「ロールキャベツはおすすめです。中の挽肉《ひきにく》ダネがしっとりふわふわで、キャベツは箸《はし》でも切れるくらいにやわらかなんです。トマトで煮込んであるから、華やかですよ」

「いいわね。じゃ、それいただこうかしら」

「それからエビのタルタルサラダはマジでおいしいです。マカロニと小エビの歯ざわりがぷりっとしてて」

「あら、おいしそう」

「粗《あら》くつぶしたゆで卵がタルタルソースにたっぷり入ってて、それがエビとすごく合うんですよ」

説明していて涎《よだれ》が出そうになった。耕平さんのロールキャベツとエビサラダは僕の大好物なのだ。セールストークでなしに、思わず口調が本気になってしまう。

「じゃ、それ三百グラムちょうだいな」

「あなたの説明聞いてたら、私も食べたくなっちゃったわ。こっちも三百ね」

うしろにいたおばさんが、身を乗り出してきた。

「ありがとうございます」

僕はまだまだぎこちない手つきでサラダをビニール袋に量った。

お客さんを見送ると、耕平さんがにこにこと僕の顔を覗《のぞ》き込《こ》んできた。

「大ちゃん、接客の天才！」

「なに言ってるんですか」

「いや、マジでマジで。大ちゃんの表情見ながら説明聞いてると、オレも食いたくなってくるもん。すげーうまそう」

「俺は食べた味そのままを言葉にしてるだけです」

「ってことは、大ちゃん、オレの作ったものをそんなに感激して食ってくれてるわけ？」

実際その通りなのだが、そういう言い方をされると、なんとなく素直にそうとは言いたくなくなる。

だがヘソ曲がりの僕を尻目《しりめ》に、耕平さんは楽しそうに目を細めた。

「あんなふうに心をこめて説明してもらえると、しみじみ嬉《うれ》しいよ。大ちゃんはホントにいい子だねぇ。説明はうまいし、お客さんにも礼儀正しいし」

「…………」

「そのうえ賢いし、美人だし、手際はいいし。大ちゃんみたいな子にバイトにきてもらえて、超ラッキーだよ」

どこまでが冗談なのか本気なのか、いや、多分ほとんど冗談なのだと思うが、それにしても人間というのは単純なもので、口先だけでも褒《ほ》められれば悪い気はしない。

耕平さんは、いつも小言を言う十倍くらいの頻度《ひんど》で褒め言葉をくれる。

「……こちらこそ、いつもお惣菜をただで食べさせてもらえて、助かってます」

一応、雇《やと》われる身として社交辞礼を返すと、耕平さんはいたずらっぽい流し目をよこした。

「オレはただじゃなくてもいいから、今度大ちゃんを食べさせてもらいたいなー」

最初は真面目《まじめ》に取り合っていちいちひいていたこの手のオヤジギャグにも、最近動じなくなってきた僕だ。

「教習所の受講料を全部出してくれて、免許がとれたあかつきにはあのGT-Rをくれるっていうなら、考えてもいいですよ」

命の次に大事にしている様子の愛車を引き合いに出してそらとぼけてみせると、耕平さんは目を輝かせた。

「え、マジ？」

「……マジなわけないでしょう」

「なーんだ。いつでも好きなときに食わせてくれるんだったら、のってもいいのに」

こっちがよくない。

「お客さんですよ」

「へいへい。らっしゃーい！」

耕平さんは楽しそうに弾《はず》んだ声で常連のおばさんを迎えた。

耕平さんのつやのある声を聞いていると、否応無《いやおうな》しにこっちも元気が出てきてしまう。

せっせと仕事に励《はげ》みながら、内心、エビのサラダが持ち帰り用にあまってくれるといいなぁなどと、店員にあるまじき願望を抱《いだ》いてしまうのだった。


「あーあ、私も早く大学生になりたいなー」

テーブルの上で生意気に爪《つめ》を磨《みが》きながら、未来《みき》がため息混じりに言った。

僕はチキンサラダにラップをかける手を止めて、未来を振り返った。

「なんだよ、唐突に」

「だってお兄ちゃん、大学生になってからすっごい楽しそうなんだもん。なんか羨《うらや》ましいよ」

そんなことは全然意識していなかったので、少し驚いた。

「そうか？　おまえだって毎日部活で楽しそうじゃないか」

「部活なんて夏で引退だもん。そしたら受験地獄《じごく》だよー。やだやだやだ。私もさっさと大学生になって、お兄ちゃんみたいにバイトとかコンパとか楽しくぱーっと遊びたいよ」

「バイトは遊びじゃないだろう。だいたい、俺はコンパなんか行ってないぞ」

「行くんでしょう、今夜」

「今夜は高校の友達と会うだけだよ。ゴールデンウィークでみんな帰省してるんだ」

「いいなぁー」

「なに言ってるんだよ。未来だって明日は部活の友達とディズニーランドに行くんだろう」

「そうだ、明日着ていく服決めなくちゃ」

「その前に、夕飯頼んだからな。味噌汁《みそしる》はできてるし、サラダは冷蔵庫に入れておくから、あと餃子《ぎょうざ》だけは未来が焼いてくれよ」

「あ、チキンサラダ！　お兄ちゃんのチキンサラダ大好き」

未来は嬉々《きき》としてボールに手をのばしてきた。

「全部食うなよ」

「わかってるよ。んー、おいしいっ」

料理を褒《ほ》められるのはまんざらでもない。しかも最近、まんざらでもない思いをする回数が着実に増えてきている。

このサラダは、耕平《こうへい》さんに教わった一品だ。鶏《とり》の胸肉を蒸し焼きにして薄くスライスし、さっと茹《ゆ》でたキャベツと、きゅうりを一緒にして、イタリアンドレッシングであえるだけ。ボリュームがあってさっぱりしていて、酒のつまみにもなるし、良太《りょうた》やおばあちゃんにもなかなか評判がいい。

「ただいま」

玄関から、散歩に出掛けていた良太とおばあちゃんの声がした。

「見て見て、おにいちゃん！　山《ヤマ》んちのおばさんにイチゴをこんなにもらっちゃった」

元気な小学生は、五月になったばかりというのに半袖《はんそで》半ズボンに素足の軽装で、頰《ほお》を上気させながら飛び込んできた。そのあとから、幾分《いくぶん》足を引きずりながらおばあちゃんが入ってきた。

「洗濯物《せんたくもの》、乾いてるようだから入れておくよ」

「あ、私たたむよ」

未来がハンガーを受け取った。

あたたかさとともにおばあちゃんの怪我もかなり回復し、最近では三十分ほどの散歩が日課になっている。洗濯とかちょっとした掃除なんかもＯＫになって、リハビリにもいいし、僕も大いに助かっている。

「山《ヤマ》に、今度温泉に行くんだって自慢しちゃった」

テーブルの上でイチゴを数えながら、良太は嬉《うれ》しげに言う。

「親父の仕事が順調なら、だ」

糠喜《ぬかよろこ》びに終わらないよう、一応釘《くぎ》を刺しておく。

いつも仕事最優先の親父が、何を思ったのか昨夜《ゆうべ》温泉旅行の話を持ち出し、良太はすっかり舞い上がっているのだ。

「すっげー楽しみ。おにいちゃん、一緒にお風呂で泳ごうね」

「俺はバイトがあるから、どっちにしても行けないよ」

実際のところ、日頃家族の世話に追われている僕にとっては、一緒に温泉に行くより、一人でのんびり家にいるほうが余程いい骨休めになる。

「ちぇっ。つまんないの」

「なに言ってるのよ。お兄ちゃんがいない方がうるさいこと言われなくて楽しいよ、良太」

未来がかわいげのないことを言う。

「悪かったな。じゃ、口うるさい兄はさっさと出掛けるから、夕飯頼むぞ」

皮肉を返して、僕は玄関に向かった。

相変わらずの家族だが、最近では未来も家事に少しは協力してくれるし、おばあちゃんの体調もなかなか良好。親父も珍しく家族サービスを口にしたりして、家のなかはまずまずの状態だった。


「鈴木《すずき》、こっちー！」

沙里奈《さりな》のよく通る声に呼ばれて、僕は薄暗い店の奥の席に向かった。

「よう、久しぶり」

「全然変わってないな」

「一ヵ月や二ヵ月でそう変わるかよ」

ついこの間までクラスメイトだった顔が、口々に声をかけてくる。

集まったメンバー中、沙里奈と僕以外はみんな東京の大学に進学した連中で、連休を利用して帰省してきているのだった。

物慣れた顔でみんなアルコールをオーダーし、「再会を祝して」などという物々しい音頭《おんど》に爆笑しながら乾杯すると、にぎやかな雑談となった。

ついこの間卒業したばかりの高校の思い出話、新しい学生生活のこと、話題は尽きることがない。

「しっかし相変わらずシケた街だよなぁ」

一人が呆《あき》れたような口調で言った。自分も二ヵ月前まではこの街の住人だったというのに、まるで生まれながらの都会人のような口振りで、東京組の連中が同調した。

「駅前の商店街なんて、八時で真っ暗だもんな」

「遊び場っていったら、ここくらいしかないし」

ここは三年ほど前にできた複合型の娯楽《ごらく》施設で、映画館とボーリング場とカラオケとゲームセンター、そして数軒の飲食店が倉庫のような大きな建物の中に入っている。高校時代から遊ぶといったらここくらいしかなかった。

「シケた街で悪かったわね。私たちまだここで暮らしてるのよ。ね、鈴木」

沙里奈に同意を求められ、僕は適当に笑いながら目の前のスパニッシュオムレツをつついた。

多分、冷凍をチンしたやつだ。化学調味料がききすぎて、一口で飽《あ》きる。耕平さんのスパニッシュオムレツが無性に食べたくなってくる。

「ちょっと鈴木、人の話聞いてる？」

沙里奈が非難がましく言う。

「聞いてるよ。シケた街だけあって、料理もシケてるなって思ってたとこだ」

僕が鹿爪《しかつめ》らしく答えると、みんなどっと笑った。

「まったく、こんな料理出して経営が成り立つっていうのも、田舎《いなか》ならではだよな」

「青山《あおやま》にすっげうまいオムレツ専門店があるぜ」

「うまいって言えば、この間渋谷《しぶや》でさー」

東京組は得意げにつけ焼刃のグルメ談義を始めた。

実のところ、僕は久々にクラスメイトと会うことが楽しみな反面、少し不安でもあった。最終的に地元に残ることを選んだのは僕自身の決断だったが、東京で楽しくやっている連中に会ったら、また迷いや後悔がこみあげてくるんじゃないかと、内心ちょっとびくびくしていたのだ。

ところが、実際にこうして話を聞いていても、恐れていたような不安定な気分にはならなかった。羨ましさをまったく感じないわけではないが、そういう後ろ向きな感情よりもむしろ、このまずいオムレツを耕平さんに食べさせたらどんな感想を持つだろうなどと考えて、一人愉《ゆ》快《かい》になったりしていた。

一頻《ひとしき》り飲んで、賑《にぎ》やかな会話が一段落したとき、隣のやつがため息なんかつきながら話し掛けてきた。

「なんかさ、大学生になって環境自体は刺激があって楽しいんだけど、時々ふっと虚《むな》しくならないか？」

「虚しく？　なんで？」

「遊ぶのは楽しいんだけど、ほかのことには全然意欲がわかないっていうか」

共感の仕様がなくて首を傾《かし》げていると、東京組のうちの二人が身を乗り出して同意した。

「わかるわ、それ。なんかもう、受験勉強で燃え尽きたっていうの？　あれで一生分の頭脳を使いきっちゃったのよね。私なんか特に、やりたいこととかじゃなくて大学名だけで学校選んじゃったから、専門科目の講義なんてちんぷんかんぷんで全然興味持てないし」

「俺も。それに、受験ってなんか合格自体が最終目的みたいなとこあったもんな。四回生がスーツ着て焦《あせ》った顔してるの見ると、次のゴールはあれかって感じで、暗い気持ちになってくるよ」

「やあねぇ。みんな五月病じゃない？」

沙里奈が意地悪げに言った。

「そうかも。ねえ、沙里奈や鈴木くんはそういうのない？」

「私はないなぁ。その場さえ楽しきゃいいっていう性格だし。鈴木は？」

「俺もあんまりそんなの考えてなかったな。バイトとか家のこととか色々忙しくて、あれこれ考えるヒマもないし」

大学に関しても、期待がなかった分だけ失望もなかった。それに僕の場合は推薦《すいせん》入学で受験勉強はほとんどしなかったので、それなりに余力も残っていて、大学の講義はなかなか新鮮で楽しい。

「鈴木、バイトしてんの？」

「うん。車の免許とりたくて、金ためてるんだ」

「なんか鈴木くん、充実してそう」

「ホントだよな。高校時代は苦行《くぎょう》僧《そう》みたいな顔してたけど、なんか今は楽しそうじゃん」

「苦行僧ってなんだよ」

僕が抗議すると、みんな失笑をもらした。

「でも、ホントに鈴木くん、表情が明るくなったよ。なんかいきいきしてて羨ましい」

これまで僕は人を羨むことはあっても、羨まれることなどなかったので、ちょっと面食らってしまった。

「何言ってるんだよ。一時間に二本しかない電車で大学に通う苦労は、そっちにはわかんないだろう」

冗談めかして憤慨《ふんがい》してみせると、話題はまた振り出しに戻って「これだから田舎は」という批判が繰り返された。

適当に会話に加わりながら、ちょっとした感慨があった。結局どこに住もうが、何をしていようが、不満と満足は常に同じように存在するのだ。そしてそのときの状況や気分や考え方一つで、振り子はどちらにも振れる。

少なくとも今の僕は、以前のように東京に行きさえすればすべてがよくなるとは思わなかった。

羨むべき仲間たちを前に自分の生活を肯定できるなんて思いもよらないことだった。

今の平穏な生活も、捨てたもんじゃない。

その平穏が、思いがけない嵐に見舞われることになろうとは、その時の僕には全然予測できなかった。

「ちょっとそこまで、って、四万温泉《しま》のどこがちょっとなんですか」

温泉のはしごですっかり茹《ゆ》であがった身体をGT-Rのナビシートにうずめて、僕は唇を尖《とが》らせた。

「ちょっとだよ。同じ県内だもん」

「県内って言っても端と端でしょう。だいたい、片道三時間をちょっととは言いませんよ。耕《こう》平《へい》さんがほんの近所みたいなこと言うから、こんなカッコで出てきちゃったじゃないですか」

僕は洗《あら》い晒《ざら》しのTシャツの裾《すそ》をひっぱって見せた。

「何を着てても可愛《かわい》いねぇ、大《だい》ちゃんは」

まったく会話が成り立たない。

呆《あき》れながら窓の外に目をやると、夕暮れのやわらかい光を浴びて、新緑の明るい緑がしなやかに風に揺れている。

暑くも寒くもない、一年で一番いい季節のドライブは、確かに気持ちのいいものではあった。

隔週の日曜日、かみやは定休日で、その貴重な休みに、何を思ったのか耕平さんから電話がかかってきた。

『ちょっとそこまで、うまい田楽《でんがく》食いにいかない？』

新しい惣菜《そうざい》の研究を兼ねて、と耕平さんは冗談めかして笑った。

今日は大学の友人たちと午後からカラオケに行く予定だった。そう告げると耕平さんは電話の向こうで急に駄々っ子になった。

『大学の友達なんて、毎日会えるでしょう。たまにはオレとも遊べよ』

そう言う耕平さんとだってバイトで週に三回は会っているのだが、駐車場で車を運転させてやるとか、もちろん田楽はおごりだとか、あれやこれやで丸め込まれ、結局つきあう展開になってしまった。

しかし耕平さんの「ちょっとそこまで」が信用ならないことは、前回のドライブで学習しておくべきだった。

すぐそこ、すぐそこ、となだめられながら連れて行かれたのは、山の奥深くの四万温泉で、田楽にありつく前にいきなり日帰り入浴につきあわされた。更に帰りは気紛《きまぐ》れにここ伊香保《いかほ》にまで寄って温泉のハシゴという粋狂《すいきょう》な展開になった。もうすっかり身体がふやけている。

まったく、思いつきで行動する人だ。

「今日は二回も大ちゃんのヌードを拝めて、おじさんは鼻血モノでしたよ」

軽快にステアリングを操りながら、耕平さんはまたもくだらないことを言う。呆れてじろりと睨《にら》むと「冗談だって」と吹き出した。

「でも、田楽はイケてたでしょう?」

それは確かにその通りだった。

耕平さんが連れていってくれたのは、ひなびた温泉街のおそば屋さんだった。自家製豆腐の木《こ》の芽《め》田楽は、豆腐の水切り加減が絶妙なふわっとした歯ざわりで、炭火であぶった味噌《みそ》がなんともこうばしかった。サービスで出してくれた卯《う》の花が、またしっとりと甘辛《あまから》くてうまい。

「うちは豆腐系の惣菜が少ないから、いい参考になるよ。ポイントは味噌の粉山椒《こなざんしょう》だな。おからの味付けもいい感じだし」

ふざけてばかりいるくせに、こういう話題になると耕平さんの目は俄然《がぜん》輝きを増す。つくづく仕事が好きなんだなぁって思う。

「そばもおいしかったです」

「あの更科《さらしな》そばは限定十食なんだ。今日は運が良かったよ」

「そばの腰って固いことを言うんだと思ってたけど、そうじゃないんですね。それに、色が濃いほどそば粉の分量が多いと思ってた」

「そばの一番粉は白いんだよ」

生成《きな》り色のそばは香りが良くて、歯ざわりがやわらかいのにしゃきっとしていて、なんともおいしかった。

しゃべりながら耕平さんは、さり気なく車を道端の駐車場に入れた。

僕は疑り深く耕平さんを見た。

「……まさか、また風呂に入るんですか？」

「いや、せっかく寄ったんだから石段登ろう」

車を降りて、軽快に通りを渡っていく。仕方なく僕もあとを追った。

榛名山麓《はるなさんろく》に位置する伊香保はこの階段街が有名だが、実際に来るのは初めてだった。結構急《きゅう》勾配《こうばい》の階段の両脇に、射的《しゃてき》の店や土産物屋《みやげものや》がひしめいて、ちょっといい雰囲気《ふんいき》だった。メインの階段から少し奥まったところには、温泉旅館がひっそりとたたずんでいる。

「若いのに腑甲斐《ふがい》ないねぇ」

三百段近くをひといきに登ってすっかり息があがってしまった僕を、耕平さんはからかって笑った。

「ちょっとエネルギー補給しようか」

つきあたりの小さな店にあごをしゃくってみせる。

「ここ、湯の花まんじゅう発祥の店らしいよ。伊香保に来るとよく買うけど、なかなかうまいんだ」

客が四人も入ればいっぱいになってしまう店で、耕平さんは慣れた様子で大小三つの箱を買って出てきた。

「はい、味見」

店の前の縁台に腰をおろして、小さな箱を開く。いかにも手作りらしい肌合《はだあ》いのまんじゅう

が、むきだしのまま箱にぎっしり詰まっている。日持ちさせるための真空パックが味気なくて嫌いな僕は、この素朴《そぼく》さだけで感激してしまった。

「いただきます」

黒糖入りのつややかな皮のまんじゅうは小振りで、一口で頬張《ほおば》れてしまう。厚めの皮はふかふかとやわらかだった。甘味の薄いこしあんはしっとりと豆の味がする。

「おいしいっ」

思わず声をあげると、耕平さんは得意満面といった感じの笑みを浮かべた。

「石段登った甲斐があったでしょう」

悔《くや》しいながらも僕はうなずいた。

九個入りの箱を、僕たちは二人で平らげてしまった。

「耕平さん、おいしいもの色々知ってますね」

「県内および近郊は任せなさいよー。今度はどこ行きたい？」

「んー、天神平《てんじんだいら》とか行ってみたいです。ロープウェイに乗ってみたい……じゃなくて」

思わずつりこまれて答えかけ、僕は我に返った。

「折角の休日に俺なんか誘って、余程ひまなんですか？　彼女とかいないの？　……あ、彼氏か」

耕平さんの性癖《せいへき》を思い出して、遠慮《えんりょ》がちに訂正した。

「いや、実は今日は恋人と出掛ける予定だったんだけど、急に向こうの都合が悪くなっちゃってさ」

耕平さんはしゃあしゃあと言った。

一瞬、僕はものすごく間抜けな落胆《らくたん》を味わった。人を代打に使うなんて、失礼にもほどがある。

「ひまつぶしに人を引きずり回さないでください」

ふつふつ怒りがこみあげてきて立ち上がろうとすると、耕平さんは僕のジーンズのポケットに指を引っ掛けて縁台に引き戻した。

「ウソウソ、冗談だよ。大ちゃんにやきもち焼いて欲しくて言っただけ」

「……なんで耕平さんのことで僕がやきもちなんか焼かなきゃならないんですか」

一瞬本気で立腹しかけた自分にわけもなくうろたえて、僕は耕平さんを睨みつけた。

「だって嬉《うれ》しいでしょ、人からやきもち焼かれるのって」

「…………」

「そんな疑惑の視線で見るなよー。マジでフリーだよ、オレ。彼氏いない歴一年でーす」

おどけた口振りで見当はずれなことを言う耕平さんにまたむかむかっとなった。

一年だって？　じゃ、一年前には男がいたのか？

なんだかもやもやとイヤな気分がこみあげてきた。もやもやむかむかの正体は我ながら掴《つか》み所《どころ》がない。

どこまで本気かわからない耕平さんの冗談にむかつくのか、男とつきあうなどという得体の知れない趣味にむかつくのか。

……それとも、耕平さんに僕の知らない生活があるということにむかつく、とか？

突然浮かんだそんな考えに自分で呆れてしまった。冗談にもほどがある。そんなことで僕が腹を立てる理由なんて、まるでないじゃないか。

背後の店の窓から湯気がしめっぽく吹き出してきた。あんを煮る匂《にお》いをかぎながら、僕はむかむかの原因にちょうどよく思い当たった。

そうだ、まんじゅうの食べ過ぎで胸焼けがしているのだ。そうだよ、まったくばかばかしい。

「大ちゃん、なに恐い顔してるの？」

「なんでもありません」

「ねえねえ、そういう大ちゃんは、彼女いないの？」

「いませんよ」

「なんだよ、モテそうなのに。大学に可愛い子いっぱいいるんじゃないの？」

「法学部なんて、男ばっかりですよ」

「学部内じゃなくても、コンパとかナンパとか色々手段があるでしょ」

「別に、今は大学もバイトも充実してるし、とりたてて彼女が欲しいとか思ってないです」

見栄や強がりで言ったわけではなく、それが僕の今の本心だった。

耕平さんはいたずらっぽく目を輝かせて、自分を指差した。

「じゃ、カレシはどう？」

「そんなもの、もっといりません！」

「ガーン」

大仰《おおぎょう》に傷ついた顔をしてみせたあと、耕平さんはふっと表情をゆるめた。

「でも、バイトが充実してるなんて言われると嬉しいな」

意識せずに口に出した台詞《セリフ》をあらためてそんな風に言われて、僕はなんだかどきりとし、視線のやり場に困った。

「教習所に通う資金を稼《かせ》ぐ目的があるからっていうことです」

なにをムキになって言《い》い訳《わけ》してるんだと、自分で自分に混乱した。

「理由はどうあれ、楽しんでもらえるのは嬉しいよ。さて、名残《なごり》惜《お》しいけどそろそろ帰るか」

僕の狼狽《ろうばい》とはうらはらに、耕平さんはさらりと言って立ち上がった。

長い春の日の夕暮れを、耕平さんのGT-Rは確信犯めいたスピードで軽快に飛ばしていった。

一日引きずり回されたなどと被害者めいた愚痴《ぐち》をこぼしながら、気が付けば僕は今日一日を結構楽しんでいた。知らない場所に連れていってもらうのは楽しいし、耕平さんは全然気を遣《つか》わない相手だから、一緒にいても気楽で疲れない。

とりとめのない会話に呆れたり笑ったりして、すっかり日が落ちた頃に僕らはかみやの駐車場に戻ってきた。

少し遅くなってしまったけれど、夕飯は何を作ろうか。

耕平さんが車から荷物を取り出してキーをかけるのを眺《なが》めながらそんなことを考えていると、視界の端でふいと何かが動いた。

シャッターの下りたかみやの前に、痩身《そうしん》の若い男がぼんやり立っている。

街灯の薄明かりに照らしだされた小作りな顔と、すっきりと伸びた背筋が、血統書つきのシャム猫みたいな雰囲気《ふんいき》で、惣菜屋の客には見えない。

「そうだ、大ちゃん、これ持っていって」

キーをちゃらちゃら言わせながら耕平さんが寄ってきて、さっき買ったまんじゅうの箱をさりげなく僕の手にもたせた。

「え？」

「大ちゃんちにお土産」

「あ、じゃ、お金出します」

「なにつまんないこと言ってるんだよ」

耕平さんは笑いながら僕の頭をぐるぐる撫でた。

「ドライブにつきあってもらったお礼だよ。帰ったら、ご家族とお茶でも飲んで」

ちゃらんぽらんでふざけてばっかりいる人で、普段は対等みたいな気分で接しているけれど、こういうさり気ない気配りは年上っぽいなぁと思う。僕はこういうことがてんで苦手で、いつも考えすぎや気負いすぎでタイミングを逸《いっ》してしまう。

とりあえずお礼を言わなくてはと口を開きかけたとき。

「耕平？」

張りのあるきれいな声が、耕平さんの名前を呼んだ。

二人してぱっと振り返ると、さっきのシャム猫男だった。切れ長の猫目が、僕の頭上のあたりを見ている。

耕平さんの手が、僕の頭からすっと離れた。

「耕平だよね？　神谷《かみや》耕平」

一瞬の間合いのあと、耕平さんは驚いたように目を見開いた。

「びっくりした」

「久しぶりだな。元気？」

「ああ。どうしたんだよ、こんなところで」

「今、ちょっと帰省中なんだ。おまえんとこの惣菜の評判聞いたから、ひやかしで寄ってみた」

「今日は定休日だったんだ。悪かったな」

「耕平がおかず屋の若旦那《わかだんな》なんて笑えるな。検事になるって息巻いてたやつが」

「恥ずかしい昔話を持ちだすなよ。そっちは今なにやってるんだ」

「まだ学生だよ。大学院」

「いいご身分だな」

どうやら昔の友達らしい。

二人のやりとりを聞きながら、僕は所在なく立っていた。まんじゅうのお礼を言いそびれ、帰るタイミングを逸してしまった。

声をかける間合いを見計らっていると、シャム猫男と目が合った。

男は、ぶしつけとも思えるまっすぐな視線で僕を上から下まで眺め、ぽんと言った。

「これ誰？　耕平の恋人？」

僕はだしぬけの言葉に驚き、一瞬にして不快な気分になった。

初対面の相手をいきなりコレ呼ばわりってなんだ？　しかも男の僕をそんなふうに言うってことは、耕平さんがゲイだということを知ってる相手ってことで……。

耕平さんはちょっと呆れたような困ったような顔で笑った。

「アホ。この子はただのうちの店のバイトだよ」

むかむかむか。ただのって、なんでわざわざそんな形容詞をつける必要があるんだよ。

「バイトか。人を雇《やと》えるほど偉くなったんだな、耕平」

「なに言ってんだか」

「定休日ならちょうどよかった。久しぶりだし、メシでも食いに行かないか。なんならバイトくんもどう？」

「彼は帰るところだよ」

僕が口を開くのを制するように、耕平さんがきっぱり言った。

行く気なんか全然なかったけれど、あからさまに来てほしくないっていう態度を取られるのは、なんだか面白《おもしろ》くない。

ついさっきまで名残惜しいとか言ってたくせに、懐《なつ》かしい友達に会ったらただのバイトのことなんてどうでもいいってわけだ。

帰るさ。帰ればいいんだろう。

僕は無言で二人に背を向け、足早に歩きだした。

「ずいぶん無愛想《ぶあいそう》なバイトだな。大丈夫なのか？」

「失礼なこと言うなよ。有能ですごくいい子だよ」

「ふーん。相変わらず男の趣味が悪いね、耕平」

「そっちこそ口の悪さは相変わらずだな、松尾《まつお》」

背後から聞こえてくる会話の、最後の名前が、僕の記憶に触れた。

振り返ると、二人は僕とは反対方向に肩を並べて歩きだしたところだった。

僕はちょっと放心状態に陥《おちい》りながら、二人の後ろ姿を眺めた。

僕の記憶に間違いがなければ、あいつは耕平さんを思い詰めさせた、あの「草の花」男だ。


夕暮れ時のかみやは、お客さんの途切れ目がない。

肉じゃがを量りながら、気が付くと僕の目は耕平《こうへい》さんを追跡していた。耕平さんはいつもと全然変わらぬ陽気さで、お客さんと冗談を言い合っている。さっき僕がバイトに入ったときにも、おとといの一件には一切触れず、楽しげに今日の目玉商品の説明をしてくれた。

「ちょっとぉ、肉じゃがは三百グラムって言ったでしょう」

「あ……すみません」

うわの空をお客さんに注意され、僕はてんこ盛りの肉じゃがを慌《あわ》てて皿に戻した。

「大《だい》ちゃん、なんか今日は調子悪そうだね」

お客さんの途切れ目に、耕平さんが寄ってきた。自分は自分でお客さんの相手をしながら、僕のミスもきっちりチェックしているのだから、気を抜けない。

「もしかしてアノ日?」

「……どの日ですか」

くだらない冗談をそっけなく切り返しながら、誰のせいで仕事が手につかないと思ってるんだよと、八つ当たり的な腹立ちがこみあげてくるのだった。

いったいなんだってあの草の花男は、今さら耕平さんの前に現われたんだろう。

二人の会話から推測すると、会うのはずいぶん久しぶりという印象だった。以前、耕平さんから聞いた過去のいきさつを考えれば、のこのこ顔を出す方も出す方なら、単純に再会を喜んでいるように見えた耕平さんも耕平さんだという気がする。

あれから二人で食事に行って、いったいどんな話をしたんだろう。

「調子悪いなら今日は早退《はやび》けしてもいいよ」

耕平さんの声に、僕ははっと我に返った。

「すみません、なんでもないです。ちゃんとやります」

自分で自分がいやになる。耕平さんが誰とどこで何をしようと、僕には全然関係ない話じゃないか。僕と耕平さんはただのバイトと雇い主ってだけの間柄なんだし。

一人勝手にぐるぐるする僕に、耕平さんはいつもと変わらぬ笑顔で言った。

「誰でも調子の悪いときはあるよ。そのかわり、明日の夜、ちょっとつきあってもらえないかな」

「夜？」

「うん。大ちゃんちの夕飯が終わってからでいいんだけど。新商品の試食をしてもらいたいんだ。新しい味の豆腐田楽《でんがく》を考案してみたんだよ。おとといのドライブでヒントを得てね」

言って、耕平さんはいたずらっぽい笑みを浮かべた。

「おとといのデートは楽しかったね」

「……単なるドライブでしょう」

「好きなコと出掛けるのはデートだよー」

なにが好きなコだ。ただのバイトだろう。冗談とはいえよくもそういうことを言えるものだ。

「大ちゃんを帰したくなくて、四万《しま》だけのつもりが伊香保《いかほ》までハシゴしちゃったもんなー」

「まんじゅうが買いたかっただけのくせに」

憎《にく》まれ口《ぐち》を叩きながら、現金にも僕の気分はぐぐっと浮上してくる。

断じて僕は耕平さんのことなんか好きじゃないけど、自分と一緒に出掛けたことを相手が楽しんでくれたり、特別みたいに言ってくれたりするのは、悪い気のするものじゃない。ちやほやされたい独占欲っていうのは、きっと誰にでも本能的に備わっているものだと思う。

自分でも呆《あき》れたことに、僕はすっかり気を取り直して、仕事に気合いを入れた。

草の花男のことは、目に入ったまつげみたいになんとなく気にはなっていたが、耕平さんがいつもと全然変わらないところからしても、久々にちょこっと再会しただけのことなんだろう。どちらにしても相手は東京の大学院に通っている人間なのだから、そうそう帰ってくることもないに違いない。あれこれ気を揉《も》む必要なんてない。

……いや、そんな前提はなしにしても、そもそも草の花男と耕平さんがどうしようと、僕が気を揉む必要なんて一つもないじゃないか。まったく、このところの僕はどうかしている。

耕平《こうへい》さんが考案した田楽《でんがく》は、なかなかダイナミックだった。

おおぶりの寄せ豆腐の上に、大豆やごぼうの入った甘辛《あまから》い味噌《みそ》がたっぷりとかかっている。

「どう？」

湯気《ゆげ》のたった豆腐を口に運ぶ僕を、耕平さんは期待に満ちた目で覗《のぞ》き込《こ》んできた。

お邪魔するのは二度目のかみやの食堂の方で、僕は試食の任にあずかっているのだった。

豆腐の熱さにはふはふしながら、僕はうなずいてみせた。

「おいしいです、すごく」

「そう？」

「ごぼうのしゃきしゃき感と、豆の歯ざわりがよくて、食べごたえありますね」

「でしょ。ほら、そこの角の豆腐屋も田楽出してるから、なるべく味がかぶらないように工夫してみたんだ。うちは惣菜屋《そうざいや》だから、あくまでおかずとしての食べごたえをメインに据《す》えてね」

絶妙に煮えた味噌だれをもう一口味わいながら、僕は耕平さんを見上げた。

「おいしいけど……」

「けど？」

プロを相手に素人《しろうと》が意見を言ったりしてもいいのかとちょっと考えていると、耕平さんは僕の葛藤《かっとう》を見越したように笑った。

「参考意見を聞きたくて来てもらったんだから、何でも言ってよ」

「この味噌、結構手間がかかりませんか」

「うん。ごぼうと豆の下拵《したごしら》えが少しね。まあ豆の方は炒《い》り大豆を使ってるから、そこまでじゃないけど」

「これを田楽で売っちゃうのは、ちょっともったいなくないですか？　これ、味噌だけで十分商品になりますよ。豆腐に限らず、ごはんにつけたり蒸《む》し鶏《どり》にかけてもおいしいと思うし。そのままでも酒のつまみになりそうですよね」

耕平さんは無言で僕を見た。やはり素人判断だったかと後悔しかけたとき、いきなりがばっと抱きついてきた。

「ぎゃーっ！　なんなんですか、一体っ」

「大ちゃん天才！　田楽にこだわるあまり、これだけで売るっていうのは、ちょっと思いつかなかったよ」

「そんな大げさな」

「いい発想してるなぁ」

感心したように言って、僕の頭をぐりぐりかきまわす。

褒《ほ》められるのはまんざらでもなかったが、こういうスキンシップに慣れていない僕は、思わずどぎまぎしてしまう。

耕平さんのシャツからは味噌のこうばしい匂《にお》いと、ほかにも何かおいしそうな匂いがして、思わず吸い寄せられそうになる。

「発想なんて大層なものじゃありません」

僕はぼそぼそ言いながら、さり気なく耕平さんの身体を押し返した。

「これと似た味噌を、昔祖母がよく作ってくれたんです。鉄火《てっか》味噌とか言って、それだけをおかずにご飯を何杯も食べれる感じで。それを思い出したんです」

「そうか。いいね、おばあちゃんの味。使わせてもらっちゃおう。そういえばおばあちゃんは元気？」

耕平さんは身軽く僕から離れ、ポットを引き寄せながら言った。

「ええ。ずいぶん元気になりました。最近はまた少しずつ台所にも立つようになったし」

「よかったよかった。おばあちゃん的にも非常によかったし、オレ的にも、大ちゃんに余裕が出来たら遊んでもらいやすくなるし。次は天神平《てんじんだいら》だったよね」

「あれは冗談ですよ。耕平さんの粋狂《すいきょう》につきあって回るほど、俺はヒマじゃありません」

「ガーン。冷たいね、大ちゃん」

耕平さんは例によって芝居がかってて傷ついたという顔をする。それに呆《あき》れてみせながら、どこかでこういうやりとりを楽しんでいる自分がいる。

耕平さんが軟派な素振《そぶ》りでからかってきて、僕が仏頂面《ぶっちょうづら》でいなす。ボケと突っ込みのようなスタンスが、いつのまにか納まり良く出来上がってしまっている。

「あ、お茶はいいです。もう帰るから」

湯呑みを取り出す耕平さんに言うと、大人げなく口を尖《とが》らせた。

「今来たばっかでしょ。帰りは車で送るから、ゆっくりしてってよ」

「送ってもらうような距離じゃないです。それに耕平さんの車に乗ると、また一回りとか言ってどこに連れていかれるかわからないし」

「人聞き悪い。こんな時間からそうそう遠出なんかしないよ。せいぜい戦場《せんじょうが》ヶ原《はら》に天の川を見にいくくらいだ」

「めちゃくちゃ遠出じゃないですか。だいたい、このあたたかさで空がもやってるから、星なんか見えませんよ」

「迂闊《うかつ》なコだなぁ。天の川なんて、デートの口実に決まってるじゃん」

得意げに笑って、耕平さんは香ばしい番茶をたっぷりと淹《い》れてくれた。

付けっ放しのテレビを見ながらどうでもいい話をしていると、店の電話が鳴った。

「ちょっと待ってて」

断って、耕平さんは子機をつかんでのれんの奥に入った。なにやら食材の注文の話らしい。

漏《も》れ聞《き》こえてくる耕平さんの声は、陽気ながらもきびきびして、僕とバカ話をしているときとは全然違う。

こういうちょっとした瞬間に、耕平さんは僕のような気楽な学生ではなく、仕事をする男なんだということが思い出されて、なんだかちょっと不思議な気持ちになる。

ふと、背後で店の引き戸ががらりと開く音がした。

振り返って、僕は硬直した。件《くだん》の草の花男、松尾《まつお》さんだった。

相手も僕を見て、ちょっと目をしばたたいた。

「また会ったね」

「……こんばんは」

僕は渋々あいさつをした。初対面から、この人にはどうもいい印象が持てない。

「耕平は？」

「電話中です」

松尾さんは勝手知ったるという感じで、椅子をひいて腰をおろした。頬杖《ほおづえ》をついて窓の外の闇《やみ》に目をやる横顔は、ちょっと非の打ちどころがないくらい整っている。

どうやら耕平さんは相当の面食いだったらしいと、なんとなく面白《おもしろ》くない気分でその横顔を眺《なが》めた。

「バイトくん、名前を訊《き》いてもいい？」

「……鈴木《すずき》です」

「すげーフツーの名前！」

なんだその言い草は。鈴木で悪いか？　伊集院《いじゅういん》とか勅使河原《てしがわら》とかじゃなきゃダメなのか？

「俺は松尾晴彦《はるひこ》。耕平とは高校時代の同級生だったんだ」

知ってるよ。……知りたくもないようなことまで。

「鈴木くん、こんな時間までバイト？　ずいぶんこき使われてるんだね」

「もうバイトは終わってます。ちょっと遊びにきてるだけです」

「ふうん。そういえばこの前会ったのも、勤務時間外だったよね。ドライブに行ってきたとか耕平が言ってたけど――」

松尾さんは意味ありげに笑って、ぼそっと言った。

「無知って怖いね。身の危険にも気付かずに」

それが耕平さんの性癖《せいへき》のことをさしているのだとすぐにわかった。癇《かん》に障って、僕はぶっきらぼうに言った。

「耕平さんがゲイだってことなら、知ってますよ」

松尾さんはちょっと意外そうな顔をした。

「へえ。合意の上なんだ。物好きだね」

まったくむかつく男だ。

「僕はただのバイトです」

「ただのバイトなのに仕事時間外にまで遊びに来るなんて、よほどヒマなんだね」

「……そっちこそ、東京の大学院に通いながら、一日おきにこんなところに顔出すなんて相当ヒマなんじゃないですか」

思わず嫌味で応戦すると、松尾さんはにやりとした。

「うん。しばらくこっちに帰省してるから、もうヒマでヒマで。一日おきどころか、昨日もきちゃった。残念ながら鈴木くんには会えなかったけど」

昨日はバイトが休みだったのだ。

古ぼけた食堂をいやな沈黙が支配した。

窒息《ちっそく》しそうになったところに、電話を終えた耕平さんが戻ってきた。松尾さんの姿に、目を丸くする。

「なんだよ、来てたのか」

「ああ。俺にもお茶ちょうだい」

「うちは喫茶店じゃないっつーの」

言いながらも、耕平さんは熱いお茶を淹れ、松尾さんの前に湯呑みを置きながら小声で言った。

「電話してみたのか」

「しねーよ。こっちから連絡する筋合いないじゃん」

「そんなこと言って、あとで後悔したって知らないぞ」

松尾さんは唇を尖らせて、子供じみた膨《ふく》れっ面《つら》で耕平さんを見上げた。僕には二人のやりとりの意味が全然わからない。

松尾さんはふいとテレビ画面の方に視線をそらし、早口でまくしたてるニュースキャスターをしばらく眺めていたと思ったら、やおら口を開いた。

「そういえば、久米《くめ》って覚えてる？　三年のとき同じクラスだった」

「良《りょう》ちゃん？」

「そうそう、久米良一。あいつの消息知ってるか」

「知らん。確か西の方の大学に行ったんだよな。名古屋だっけ？」

「ああ。それが聞いて驚けよ。なんと今中学の教壇《きょうだん》に立ってるらしい」

「ウソ！　あいつが教師？」

「な、驚くだろう。あんな危険な男が教員になってるなんて、世も末だよな。鎌島《かましま》が医者になろうとしてるのと同じくらいの危険度」

松尾さんの言葉に耕平さんが吹き出した。

「鎌島、ちゃんと在席できてるの？」

「らしいよ。まあ大学なんて入っちゃえばどうとでもなるから。しかし三六〇人中三五九位だったやつが医者になるなんて、恐ろしすぎ」

「成績より、鎌島の場合あの不器用さが問題だ」

「それそれ。あいつ箸《はし》が持てなくて、幼児握《にぎ》りでメシ食ってたもんな。性格的にも相当の変わり者だったし」

僕にはちんぷんかんぷんな、二人の高校時代の話。

当たり前のことだけど、耕平さんには僕の知らない時間がたくさんあるのだ。

急に耕平さんとの間に隔《へだ》たりを感じた。

「変わり者っていえば、耕平も変わり者だよな。あれだけ頭よかったくせに、大学にも行かないでこんなところで惣菜屋のきりもりなんかして」

元はといえばあんたのせいじゃないか。

僕は胸の中でこっそり毒突いた。

「高校時代のおまえは、きらきらしてたよなぁ。頭はいいし、片手間でやってたテニスじゃいきなり関東大会に行っちゃうし、女子からはモテまくり」

「なに言ってるんだよ」

「おまえに手紙くれた女の子に、俺が断りに行ったことがあったよな。覚えてる？」

なんだ、それは。

「そんな大昔のこと、もう忘れたよ」

耕平さんは困ったように笑いながら、ふと僕の方を見た。

「大ちゃん、明日大学一限からって言ってたよね。ごめんな、長々つきあわせちゃって」

さらっと言われたその一言に、僕は冷水を浴びせられたように我に返った。

婉曲《えんきょく》に帰宅をうながすその言葉。

「……あ、はい」

場の空気が全然読めてなかった自分に気付かされて、にわかに顔に血がのぼる。

耕平さんとしゃべっていたところに邪魔が入り、いつになったらこの邪魔者は帰ってくれるのだろうと、僕は状況を無意識にそんなふうにとらえていた。

けれど、実際のところ立ち去るべき邪魔者は僕だったのだ。鈍感な自分に嫌気がさした。

「ごちそうさまでした」

今更ながらそそくさと席を立った。

「こちらこそ、試食ありがとう。気をつけて帰ってね」

店の前まで送ってくれながら、耕平さんはどこかホッとしているように見えた。

……なんだよ。ゆっくりしていけって、そっちが引き止めたくせに。

僕は内心面白くなかった。


夕暮れ時。混みあう直前のかみやのひさしの向こうに、通りを軽い足取りで渡ってくる松尾《まつお》さんの姿を見つけて、僕はこっそりため息をついた。

松尾さんは、頻繁《ひんぱん》に店に顔を出すようになった。週三回の僕のバイトの日には必ず会うから、ほとんど毎日来てるんじゃないかと思う。お客さんとして来て、大概《たいがい》なにかしら買物をして行くのだけれど、そのついでに耕平《こうへい》さんと延々しゃべっていく。

僕には全然わからない、二人だけに共通の人や出来事の話題で盛り上がっていることもあれば、僕の目を避けるように真剣な顔でひそひそやっていることもあり、どちらにしても僕は居心地の悪い疎外感《そがいかん》を覚えた。

気になって気になって、一度思い切って耕平さんに訊《き》いてみた。

「松尾さんって、高校のときに耕平さんが好きだった人、ですよね」

耕平さんはいつもと変わらない様子で、冗談めかして答えた。

「そうあらたまって訊かれると、おじさんはバツが悪いなぁ」

「よりでも戻したんですか？」

「よりもなにも、オレはふられたって言ったでしょう？ それはそうと『大《だい》ちゃん味噌《みそ》』は評判いいね。明日から量を増やしてみようか」

大ちゃん味噌というのは、件《くだん》の鉄火《てっか》味噌もどきのことで、耕平さんはそんなふざけたネーミングで店頭に並べているのだった。

商品名の是非《ぜひ》はこの際置いておくとして、耕平さんはそんなふうに話をそらしてしまって、真相はなにも聞けなかった。

それに限らず、松尾さんのことになると、耕平さんはなにかと僕をはぐらかそうとする。

僕の質問や疑惑の視線の矛先《ほこさき》をそらし、もっとあからさまには、たまたま店がヒマなときに松尾さんが来たりすると、通帳の記帳とかどうでもいいような用事を僕に言い付けて、席を外させようとしたりする。

僕と二人のときの耕平さんには全然変わった様子はないけれど、なんだか毎日面白《おもしろ》くなくて、フラストレーションがたまっていく感じだ。

そんな僕のもやもやをよそに、店に入ってきた松尾さんは楽しそうに耕平さんに笑いかけた。

「客が途切れるのを、向こう側から観察してたんだ。十分くらい見てたけど、いつも繁盛《はんじょう》してるな」

「お陰さまで」

「もうちょっと店を拡張してもやっていけるんじゃないか」

何を知ったような口を、などと思いながら聞いていると、耕平さんはにこにこと答えた。

「ああ。建物もだいぶ傷みがきてるし、近々建て替えを検討中《けんとうちゅう》なんだ」

僕はちょっとびっくりして、ロールキャベツを並べ直していた手を止めた。

そんな話、僕は全然知らなかった。もちろん、一介《いっかい》のバイトに店の建て替えの相談なんかする必要はまったくないし、僕だってそんなことには全然興味はないけれど、そんな立ち入ったことをこの人には世間話のように話すのだと思うと、面白くなかった。

面白くない話なら聞かなければいいのだが、お客さんの途切れめで店の中には僕たち三人しかいないものだから、いやでも二人の話は耳に入ってきてしまう。

「すごいね、青年実業家！」

「褒め殺《ほめごろ》しか」

「いや、マジで。車も高そうなの持ってるし、逃《のが》した魚は大きかったかな」

「なに言ってるんだよ」

会話の不穏さに知らず知らず視線がいってしまう。ちらりとこっちを見た松尾さんの、得意そうな顔と目が合ってしまった。

松尾さんはふいと視線を戻して、頭半分背の高い耕平さんを見上げながら聞こえよがしに言った。

「なあ耕平、十八のときのこと、今からやり直さないか？」

僕はトングを取り落としそうになった。

なんなんだ、この無神経さは。仮《かり》にも自分のせいで自殺未遂《みすい》までした相手に、どうしてこんなことが言えるんだ？

内心怒り狂う僕とは裏腹に、耕平さんは楽しい冗談でも聞いたという顔で、のどかに笑っている。

松尾さんは僕を振り返り、小馬鹿にしたような顔であごをしゃくった。

「それとも、やっぱりあっちの方がいい？」

むかつく！

耕平さんは笑顔のままかぶりを振った。

「だから、彼はただのバイトだって言ってるだろう」

ただのただのって言うな！

松尾さんにも耕平さんにも、腹が立ってくる。

おいしい匂いに囲まれたこの店での仕事が、僕はとても好きだった。

けれど、松尾さんが現われるようになってから、一日一回は必ず不愉快《ふゆかい》なことが起こって、それは余韻《よいん》のようにあとを引いて僕の気分を台無しにしてしまう。

「今日は、何持ってく？」

お客さんが入ってきたのを潮に、耕平さんがさり気なく話題を変えた。

「うーん、ちょっと考えてるから、お構いなく」

常連客に耕平さんを譲《ゆず》るかたちで、松尾さんは狭《せま》い店内をぶらぶらしながら僕の方に寄ってきた。

「客商売だっていうのに、恐い顔してるねぇ、鈴木くん」

「……生まれつきです」

いちいちむかつく。さっさと帰れ。

松尾さんはなにがおかしいのか、笑いをこらえるような顔で、棚《たな》の方に身を乗り出してきた。

「ねえ、この『大ちゃん味噌』ってギャグ？」

知るかよ。

「ネーミングのことは、僕は関知してませんから」

「これ、どうやって食べるの？」

「田楽《でんがく》にしたり、ご飯にのせてもいいし、そのままでも食べれます」

僕は機械的に説明した。

「ふうん。おいしいの？」

そう訊かれて「まずい」と答える店員がいると思うのか。

「おいしいです」

「じゃ、それもらってみようかな」

「大きさはどちらにしますか？」

「小さいほうでいいよ。まずかったら処分に困るし。あ、犬って味噌食うかな」

頭の中で、怒りのメーターが一瞬振り切れた。

「なんなんですか、それ」

僕は怒りを押し殺しながら、しかしちっとも押し殺しきれずに、松尾さんを睨《にら》みつけた。

「気に入らないなら、買ってもらわなくて結構です」

間の悪いことに、ちょうど通りの車が途切れて、あたりが妙にしんとしていたために、僕の声は店内に響き渡った。

お客さんが驚いたように僕を振り返った。

耕平さんが眉《まゆ》をひそめて僕らの方によってきた。理由も訊かずに僕の頭をこつんと叩いた。

ごく軽い拳《こぶし》だったけれど、僕の受けたショックはかなり大きかった。

「お客さんに対して、なに失礼なこと言ってるんだよ」

「だって」

「だってじゃないでしょう。ちゃんと謝って」

有無を言わさぬ、店長の口調だった。

冗談じゃない。僕は悪くない。

だけどここは耕平さんの店で、僕はただのバイトで。そして松尾さんは耕平さんの大事な関係者なのだ。

悪いか悪くないかの問題じゃない。ここでは耕平さんが法律なのだ。

「すみませんでした」

僕は床に視線を落として、淡々と言った。

悔《くや》しくて、やりきれなくて、胸の底がひりひりした。

「おにいちゃん、本当に行かないの？」

玄関先から、良太《りょうた》が未練がましい視線を送ってきた。

「ああ、残念だけどバイトとか色々忙しいんだよ。ゆっくり楽しんでこいよ」

「悪いね、大輔《だいすけ》一人に留守番させて」

「帰りは明日の昼すぎになると思う」

「お土産《みやげ》買ってくるね」

おばあちゃんと親父と未来《みき》が口々に言って、五月晴れの下《もと》、賑《にぎ》わしく念願の温泉旅行に出掛けていった。

楽しげな四人の後ろ姿を見送って日盛りの玄関から家の中に入ると、明暗の落差が大きすぎて一瞬視界が真っ暗になる。

僕はひんやりした畳《たたみ》の上に大の字に寝そべった。

いつもごたごたと騒がしい家の中が、まるで空気が止まったかのように静まり返っている。

「旅行に行くよりこの方がよっぽどいい骨休めだよ」

天井《てんじょう》に向かって一人ごちてみたが、それはなんだかイソップのきつねの負け惜しみみたいに響いた。

家族の世話から解放されて一人でゆっくりしてみたいというのは、僕がいつも抱《いだ》いている願望だったのだ。けれど、タイミングが悪かった。

昨日の失態を思い出して、僕は畳の上でごろごろ寝返りを打った。

耕平《こうへい》さんの叱責《しっせき》は瞬間的なもので、幾種類かの惣菜《そうざい》を買って松尾《まつお》さんが帰ったあとには、もういつもの耕平さんに戻っていた。

けれど、僕の方は、後味の悪さがずっと尾を引いていた。

結局、耕平さんにとっては僕より松尾さんの方がずっと大事なのだ。そう思うと、むかむかと苛立《いらだ》ちがこみあげてくる。

下心があるとかないとか調子のいいことを色々言って人をおだてて、だけど愛想《あいそ》のいい耕平さんにしてみれば、全部社交辞令だったというわけだ。

耕平さんに対して怒っているような素振《そぶ》りをしながら、僕は内心自分に対して腹を立てていた。

ちょっとおだてられたからって調子にのって、自分が耕平さんにとって特別大事に思われているような自意識過剰《かじょう》の錯覚《さっかく》に陥《おちい》っていた。……しかも、不覚にも僕はそれがまんざらでもなかったようなのだ。

だけど、耕平さんの目の前にかつての想い人が現われて、今や耕平さんの関心はすっかりそちらにもっていかれてしまっている。

なんだか、耕平さんと僕の関係は、わずかの間に立場が逆転している。最初は耕平さんの冗談めいたちょっかいを僕がそっけない態度でいなすという感じだったのに、このところ耕平さんの動向に一喜一憂《いっきいちゆう》しているのは僕の方なのだ。

自分が耕平さんの関心を引きたがっているという事実は、僕のプライドをいたく傷つけた。自己防衛のために僕ができる唯一《ゆいいつ》のことといったら、少なくともそれが恋愛感情なんかでは絶対にないということを、証明してみせるくらいのことだった。

耕平さんは、僕にとってはいわば兄貴分的存在なのだ。子供の頃から長男ぶって、常にしっかり者でなければならないと勝手に思い込んできた僕にとって、耕平さんは初めて出会った甘えられる存在だった。一見ちゃらんぽらんに見えるけど、店一軒をきりもりするだけあって見かけよりもずっと頼りがいがあるし、懐《ふところ》が深い。

僕は初めて体験する弟的な気楽さを楽しんでいただけ。それだけのことだ。

自分で自分に腹を立てたり、言《い》い訳《わけ》をしたりしているうちに、僕はすっかり気疲れしてしまった。

こんなことならバイトなんか休んで、やっぱり家族と温泉に行ってしまえばよかった。


無益《むえき》に半日を過ごし、夕方からバイトに出掛けた。

気が重いまま店に顔を出すと、耕平さんは僕を見るなりいきなり吹き出した。

「大ちゃん、Tシャツ裏返しだよ。しかも後ろ前」

言われて初めて気がついて、慌《あわ》ててシャツを着直した。こんな失敗、滅多《めった》にするものじゃない。今日はよほどボケていたらしい。

「家族の人に注意されなかった？」

昨日のことなどすっかり忘れたかのように、耕平さんはにこやかに話し掛けてくる。

「今日、うちは泊まりで温泉に行ってて、誰もいないんです」

「あ、そうなの？　じゃ、夜は大ちゃん一人？」

「はい」

「だったら夕飯一緒に食べに行かないか？」

昨日の今日で、僕は素直に返事ができなかった。

「佐野《さの》ラーメンとかどう？」

「…………」

「餃子《ぎょうざ》がすごいうまい店があるんだ。ちょっと揚《あ》げ餃子っぽくて、皮がばりばりっとしてるの。一度大ちゃんに食べさせたいって思ってたんだ」

どうせ八方美人の社交辞令だってわかっているのに、笑顔で覗《のぞ》き込《こ》まれたら、僕はやっぱりほだされてしまう。

「……おごりなら、つきあってもいいです」

横柄《おうへい》な答え方で嫌々行ってやるっていう態度をとるのが、子供じみた僕のせめてものプライドだった。

「よし、決まり。あと四時間、頑張ろう」

耕平さんは楽しげに笑った。

来る前には休みたいと思っていた仕事なのに、このあと耕平さんと夕飯を食べに行くと思うと、少しばかり気が晴れてやる気がでてきたりする。なんて現金な……。そのくせ、その浮き立つ気分の向こうには、やっぱり昨日のことが引っ掛かって見え隠れしている。

なんだかこのところの僕は、気分の振幅《しんぷく》が激しい。

『十八のときのこと、今からやり直さないか？』

松尾さんは昨日、そんなふざけたことを言っていた。僕なんかの前で言うくらいだから冗談だろうと思う一方で、突如《とつじょ》耕平さんの前に現われるようになったのはなぜだろうと考えたら、あながち冗談とも思えない気もしてくる。松尾さんは本当に逃《のが》した魚の大きさに気付いたのかもしれない。

仕事をしながらずっとそんなことを考えていたが、第三者の僕がいくら頭の中で考えたところで、答えが出るような問題ではなかった。

真相を確かめるためには、本人に訊くのがいちばん単純明快な方法だ。

「今日は大ちゃんちはお留守で幸いだったよ。お持ち帰り品がほとんどないもんな」

半分シャッターをおろした閉店直後の店の中、気持ちよく空《から》っぽになった陳列棚《ちんれつだな》のバットや皿を眺《なが》めて、耕平さんは満足そうに笑った。

定休日前の夕方特売がきいたせいもあるけれど、これだけきれいに売れるとバイトの身にも満足感がある。僕も、大学を卒業したら会社勤めなんかじゃなくて、こういう仕事がしたいなという気にちょっとなったりする。

今日は珍しく松尾さんが現われなかったため、家を出てくる前のあのぎすぎすした気分は少し薄まっていた。

空の容器を奥に片付け、店内の掃除をしようとすると、耕平さんが声をかけてきた。

「明日休みだから、掃除はあとでオレがやっておくよ。それよりメシ食いに行こう。腹減ったー」

鼻歌を歌いながら流しの横の小さな鏡を片目で覗き込んで髪型を直し、愛車のキーをポケットに押し込む。

機嫌《きげん》のよさそうな横顔に、僕は何気なく声をかけた。

「耕平さん、ちょっと訊いてもいいですか」

靴《くつ》を履《は》きかえていた耕平さんは、動作を止めて上目遣《うわめづか》いに僕を見上げた。

「なに？」

よし、このさり気ないタイミング。さらっと訊ねればいい。

『松尾さんとやり直すの？』

一度はっきり聞いてしまえば、すっきりするに違いない。

僕は「ま」の形に口を開き、けれど耕平さんののんきでほっとする顔を目の前にしたら急に言葉が出てこなくなってしまった。

訊くだけなら簡単だ。けれど耕平さんの答えがイエスだったら？　松尾さんと耕平さんが晴れて恋人同士になるなんて想像したら、もう僕は耕平さんとこれまでみたいに普通に会ったりなんてできないと思う。こののんきな笑顔とは縁が切れることになってしまう。

「なに、どうしたの？」

「あ……いえ」

「メシ食いながらじゃできない話？」

「それはちょっと……」

話題的にラーメン屋のたてこんだ座席で話すのは問題があると思ってそう答えると、耕平さんはちょっと真顔になって姿勢を起こし、僕の顔を心配そうに覗き込んできた。

「なにか深刻なこと？」

「いえ……」

まずい。なまじ言い渋ったせいで、かえって言いにくくなってしまった。

　こう身構えられたら、仮《かり》に答えがノーだったとしても、質問の真意を重く受けとめられて、逆にどうしてそんなことを訊くのだとあらぬ疑いをかけられてしまいそうだ。

「なんだよー。すげー気になる」

　詰め寄られて困惑《こんわく》しながら視線をさまよわせると、レジの横にかかった貝殻《かいがら》のモビールが目に入った。夏っぽいその飾りを眺めつつ、僕は咄嗟《とっさ》に代わりの質問をあみだした。

「あー、ええと、夏休みのことなんですけど」

「夏休み?」

「大学の休みは結構長いから、バイトの日数を増やしてもらえたらと思って」

　苦しまぎれとはいえ、我ながら思いもよらないことを口走ってしまった。

　耕平さんはしげしげ僕を見て、それから派手に吹き出した。

「なんだよ、そんなの別にラーメン屋でしゃべったって問題ないじゃん。大がかりなギャグだね」

　仕方なく、僕も笑ってみせた。

　愉快《ゆかい》そうに散々笑ったあと、耕平さんは僕の目を見て言った。

「悪いけど、大ちゃんのバイトは増やせないよ」

　さらりと言われた一言に、僕は笑顔のまま硬直した。苦しまぎれの質問が、なにやら思いがけない答えを引き出してしまった。

バイトは増やせないって、それはクビっていうことか？

僕の仕事ぶりが気に入らないから？　そうだ、昨日だって怒らせて……。

「ちょっとちょっと、何か誤解してないか？　そんな顔しないでよ、大ちゃん」

耕平さんはレジの下の引き出しから封筒を取り出した。

「大ちゃんの夏休みには、ほかの仕事があるからっていう意味だよ。はい」

手渡された封筒は自動車教習所のもので、中には入所申し込みの用紙が入っていた。

「夏休みは混むから早めに申し込んだ方がいいと思ってさ。近々渡そうと思ってたんだ。よく働いてくれるから、受講料はボーナスとしてオレが出させてもらう」

僕はびっくりして顔をあげた。僕が免許を取りたがっていたことを、耕平さんはよく知っているのだ。

「そんな……」

「その代わり、これからもしっかり働いてね」

「……免許が取れたとたんに、さっさとやめちゃうかも知れませんよ」

「その場合、繰り上げ返済してもらおうかな」

僕の憎《にく》まれ口《ぐち》に、耕平さんはにやりとしていきなり僕の身体に手を回してきた。

「ぎゃーっ！」

「抱っこ一回五千円、チューなら一万円でどうかね？」

「ホモが移るからやめてくださいっ」

耕平さんのふざけたタコ口を押し返しながら、なぜか僕の方がゆでダコなみに上気してきてしまう。

髪からもシャツからも、耕平さんはおいしそうな匂《にお》いがして、服ごしの手のひらのあたたかさが、僕の体温をあげていく。心臓が妙にばくばくして、自分の反応に自分でパニックに陥《おちい》ってしまう。

「ふざけてないで、ラーメン食べに行くんでしょ、ラーメン!!」

「はいはい、ラーメンね」

ぎゅっとハグしてから僕の身体を離し、耕平さんはGT-Rのキーを放ってよこした。

「戸締まりするから、エンジンかけておいて」

僕は少しのぼせた頭で、春のしめやかな闇《やみ》の中に出た。

とたんに、うっそりとした影と鉢合《はちあ》わせした僕はびっくりして悲鳴をあげそうになった。

浮き立つ気分が一気に下降線を辿《たど》る。亡霊《ぼうれい》のように立っていたのは、松尾さんだった。

今日は顔を合わせずに済んでほっとしていたのに。

「こんばんは」

「耕平いるかな」

相変わらずの底意地の悪そうな顔は、薄暗がりのせいか少し疲れて見えた。

「中です」

ぞんざいに封筒で店の中をさしてみせると、松尾さんはその封筒に目を止めた。

「教習所に通うの？」

通っちゃ悪いか。

とにかく松尾さんの言動……というより存在そのものが癇《かん》に障る僕は、何を言われてもつっかかりたくなる。

「耕平に取れって言われたの？」

松尾さんは何もかもお見通しといった笑みを浮かべた。

「来春からデリバリーを始めるから、バイトにも免許が必要だって言ってたもんな」

「……デリバリー？」

思わず聞き返してしまった。

「うん、始めるんでしょう？　施設とか一人暮らしのお年寄りの家とかに惣菜を届けたいって、大した張り切りぶりだもんな」

僕はデリバリーの話なんてまったく聞いていなかった。一応従業員のはしくれである僕さえ知らないことを、この人は知っているのだ。

些細なことがなんだかひどくショックで、僕は無言で立ちつくした。

特別のはからいで免許を取らせてくれるのだと思って感激していたのに、つまりは業務拡大のためのただの必要経費ってことか。

ボーナスが聞いて呆《あき》れる。なんだよ、恩着せがましいこと言って。

「鈴木《すずき》くん、なに恐い顔してるの？」

「……別に」

怒りと悔《くや》しさでめらめらしているところに、耕平さんが戸締まりしながら出てきた。

松尾さんが猫のように優雅に寄っていった。

「耕平、ちょっとこれから時間とれない？」

「なんだよ、どうしたの。急用？」

「うん、ちょっと」

二人はなにやらひそひそ話を始め、耕平さんがちらりと僕の方に視線をよこした。その目が僕を煙たがっているように見えて、かっと頭に血がのぼった。

僕は無言でGT-Rのキーを投げ返した。

「じゃ、俺は帰りますから」

「ちょっと待てよ、大ちゃん」

「あ、もしかして二人で出掛けるところだったの？」

松尾さんが耕平さんと僕を見比べた。

耕平さんは、先約の僕より松尾さんをとるに決まってる。僕には話さないようなことも松尾さんには話すくらいだし、なにより松尾さんは耕平さんが好きだった人なのだ。いや、きっと過去形なんかじゃない。

耕平さんが松尾さんを優先するのを目《ま》のあたりにするくらいなら、こっちから立ち去る方がまだプライドが傷つかずに済む。

「待てってば、大ちゃん」

耕平さんの声を無視して歩きだすと、松尾さんのよく通る声が追ってきた。

「ねえ、鈴木くん。ボスが待てって言ってるでしょう」

いちいちムカつく。なにがボスだ。耕平さんはあくまでバイト先の雇《やと》い主《ぬし》にすぎないとでも強調したいのか？

キッと振り向くと、松尾さんは面白《おもしろ》そうに笑った。

「なんでそんなにカリカリ怒ってるの？」

余計なお世話だ。

睨みつけると、松尾さんはなにか楽しいことでも思いついたような顔で、耕平さんの腕に手をからめた。

「鈴木くんさ、もしかして俺と耕平の仲に嫉妬《しっと》してるんじゃないの？」

僕の感情の斧《おの》は理性の鎖《くさり》をあっけなく叩き切ってしまった。

「あんたたちと一緒にするなよ、気色悪いっ！」

夜道で、力一杯怒鳴っていた。

松尾さんのことで昨日耕平さんを怒らせたことが一瞬脳裏《のうり》をよぎり、髪の毛一本ほどつながっていた理性が僕の衝動《しょうどう》を抑えようとしたが、二人の腕がからんでいるのを見たら、なけなしの理性もふっとんだ。

耕平さんを怒らせたからって、なんだっていうんだ？

耕平さんには、僕なんかより松尾さんの方が大事なのだ。僕より松尾さんを優先するし、僕に言わないことも松尾さんには話す。

ボーナスなんて言われて、特別扱《あつか》いを喜んでいた自分が、恥ずかしくてみじめだった。

「せいぜい二人でいちゃいちゃしてろよ。こんなホモの巣窟《そうくつ》、今日限りでやめてやる‼」

むなくそ悪くなるような自分の捨て台詞《ゼリフ》が、頭の中をこだまする。

真顔が笑顔の耕平さんの顔から、一瞬すっと表情が消えた。

憤《いきどお》りと後悔が綯《な》い交《ま》ぜになり、居たたまれずに僕はその場から逃げ出した。


怒りのエネルギーは、雷と似ている。瞬間電圧はメーターを振り切る強さで、しかも何の役にも立たない。

家に帰りついた僕は、気持ちのはけ口を求めて季節はずれの大掃除を始めた。掃除というより、かえって散らかしまくったという感じ。部屋中のものをごみ箱に突っ込んで紙片で手を切り、台所を磨《みが》きたてたてコップを三コ割り、網戸《あみど》を掃除機の柄で突き破って、風呂場のスポンジの柄を折った。

何もかもが僕にたてつこうとしているようで、癇癪《かんしゃく》が起こってくる。

しかし雷同様、激しい怒りはそう長くは持続しない。

やがて気が抜けて、僕は畳の上に引っ繰り返った。今朝《けさ》と同じように果てしなく寝返りを繰り返しながら、気持ちは今朝の百倍すさんでいた。

お調子者。八方美人。能天気。ホモ。

心の中で延々耕平さんを毒突いてみても、気持ちは納まらなかった。

こんなときこそアルコールだ。

がばっと跳《は》ね起《お》き、キッチンに行こうとして、テーブルの上の封筒に気付いた。まだ捨てていないゴミがあったとつかんだら、それは耕平さんからもらった教習所の封筒だった。

「ふざけるな」

力任せに真ん中から引き破る。

しかしそこで気力がつきて、ばらばらの封筒を放り出して再び畳に引っ繰り返った。

否応《いやおう》もなしに怒りの波が引いていくと、あとには後味の悪い後悔だけが残った。

やめてやる、なんて恩着せがましい啖呵《たんか》をきった自分が、この上もなくかっこ悪い。

週に三回、四時間だけ仕事に来ているアルバイトの一人がやめたからといって、耕平さんが困ることなんて一つもない。

困るのは百パーセント僕の方だ。

バイト料は並《なみ》程度だけど、なんといっても家から近い職場だし、惣菜持ち帰り放題なんていうラッキーな特典もついていた。思えばおいしい仕事だった。

……それになにより困るのは、かみやをやめたら耕平さんに会えないことだ。

しんとした家の中、ただ一つ自己主張してかすかな音をたてている時計は、もうすぐ九時になるところだった。

今頃二人はおいしいものでも食べながら、親密な時間を過ごしているのだろうか。

僕はすきっ腹をかかえて畳の上で丸まった。

認めたくないけど、認めざるを得ない。

僕がキレたのは、図星を指されたからだ。松尾さんの言うとおり、僕は松尾さんに嫉妬していたのだ。

兄貴分とか弟だとか、今朝ひねくりだしたこじつけは、もはや無意味なものと化していた。

普通、弟は兄貴の恋人にこんな嫉妬心を抱《いだ》いたりはしないはずだ。

同性に恋愛感情なんて感じたこともないし、そもそもこれが恋愛感情だなんて断じて認めたくないけれど、松尾さんが現われてから僕の気持ちはずっと不安定だった。

今だって、二人が一緒にいると思うだけで頭をかきむしって転げ回りたいような居たたまれない気持ちになる。

前に耕平さんから過去の話を聞いたとき、たかが恋愛の挫折《ざせつ》くらいで人生を終わらせようとする人の気持ちは、正直理解できなかった。

だけど、不本意なことに今は少しわかってしまう。

耕平さんは、松尾さんのものになる。そして僕はバイトをやめて、もう耕平さんとドライブに行くこともないし、あのくだらない冗談を聞くこともできない。そうしたら、いったい何を楽しみに生きていけばいいんだ?

高校を卒業したらさっさとこの街を出ていきたいと思っていた僕が、地元での生活に充実感を覚え始めたのは、耕平さんの存在が大きかったからだ。この土地に根っこをおろして楽しそうに生活している耕平さんに対して、減らず口を叩きながらも、心のどこかで尊敬の念を抱いていた。

その耕平さんの存在が、今日限りで僕の生活から消えてしまう。

放心状態で天井《てんじょう》の梁《はり》を眺めていると、間抜けなことわざが泡のように頭の中に浮かんできた。

孝行をしたいときには親は無し。

この場の状況とはかなり違うそのことわざに、妙に生々しい共感を覚えた。

長い人生のこれから先、おばあちゃんや親父にもしものことがあったとき、僕はきっとこんなふうに途方に暮れて、義務感なんかじゃなく心からの親切心でもっとなにかしておけばよかったと、やりきれない後悔に押しつぶされるのだろう。

将来の懸念《けねん》はこの際置いておくとして、今僕の目の前にある問題もそれと通じるところがある。

当たり前だと思っていた日々が、ある日突然に失われてしまう。

手遅れにならないと気付かないことがあるのだと、僕は生まれて初めて実感として学習した。学習したところですでに手遅れというこのパラドックスは、なんともやりきれないものがある。

気持ちのやり場を無くして、僕の思考は逃避《とうひ》に走った。

もしも時間を戻せるなら。

松尾さんが現われる前の平和な春のはじめまで時間を巻き戻せるなら、僕は耕平さんに対してもっと素直な態度で接する。感謝も、楽しいっていう気持ちも、ひねくれないでもっとちゃんと表現して、僕が耕平さんのことをどう思っているかってこともちゃんとちゃんと伝えて――。

突然、玄関のドアベルが鳴った。

もしもの世界に入り込んでいた僕は、その音に心臓が破裂するほどびっくりして、飛び起きた。

耕平さんだ！

根拠《こんきょ》もなくそう確信した。耕平さんがとりなしに来てくれたんだ。

僕は最後の望みにすがるように玄関に向かった。

カギをあけるのももどかしくドアを開くと、期待とはかけ離れた相手が立っていた。

松尾さんだった。

僕の落胆《らくたん》を見透かしたように、松尾さんは笑った。

「そこまで耕平も一緒だったんだけど、ケイタイで商店街の夜回りの呼び出しを食らって、飛んでいったよ。当番だったこと、すっかり忘れてたらしい」

「……何か用ですか」

不機嫌もあらわに訊《たず》ねた僕だったが、言葉尻《ことばじり》にかぶさるように大きな音でお腹が鳴ったために、まるでさまにならなかった。

「お腹減ってるの？」

松尾さんはおかしそうに言った。

落ち込もうがどうしようが腹は減る。現実というのはやりきれないくらいカッコ悪い。

「こっちは耕平にうまーいごはんをご馳走《ちそう》になっちゃった。鈴木くんも来ればよかったのに」

「……わざわざそんなことを言いに来たんですか。用がないなら帰ってください」

半開きにしていた玄関のドアから僕が手を離すと、松尾さんは強引な訪問販売さながらにドアの隙間《すきま》に片足をはさんで滑《すべ》り込《こ》んできた。

「ごめんごめん。きみの顔を見ると、ついからかいたくなっちゃって」

松尾さんは笑いながら言った。

「用事はあるんだよ。明日東京に帰るから、鈴木くんにもごあいさつしていこうと思って。ちょっと話もしたかったし」

「こっちは別に話すことなんかないです」

それよりさっさと帰ってほしい。顔を見ているだけで、苛立《いらだ》ちがつのってくる。

「まあ、そう言うなよ。きみにも関係のあることなんだから。実は俺、好きな人がいるんだ」

唐突に松尾さんは切り出した。

駄目押しの一撃に、ちょっと気が遠のくような気がした。僕に関係があって、松尾さんが好きな人っていったら、当然耕平さんのことだ。そんな話、聞きたくもない。

「向こうも俺を好きだと言ってくれてる」

自分のせいで自殺未遂《みすい》までさせておきながら、よくも平然とそんなことを言って回れるものだ。

僕の憤りなどお構いなしに、松尾さんは続けた。

「それなのに、あいつはいきなり婚約するなんて言い出した」

「婚約?」

びっくりして声が裏返ってしまった。そんなの、全然聞いてない。

またしても知らない話が飛び出したことで、僕はがっくりきた。それも婚約なんて……。

僕は本当に、耕平さんにとって一介《いっかい》のバイト以外のなにものでもなかったんだ。

「……相手って、どんな人なんですか」

こんなやつと話なんかするもんかと思っていたのに、つい訊ねてしまった。

「世話になった教授の娘だってさ」

「教授の娘？」

なんだそれは。耕平さんは大学には行ってない筈《はず》だ。ってことは、教授っていうのは調理師学校の先生のことか？

松尾さんはさも忌《い》ま忌《い》ましげにうなずいた。

「娘っていっても四十近いらしいけど」

「四十!?」

僕はますます混乱した。

「……って、それ、倍近い年の差ですね」

「え？」

「いや、倍は言い過ぎかもしれないけど、耕平さんが二十三だから、少なくとも一回り以上――」

「ちょっと待って。なんか話が違ってる」

松尾さんは僕の言葉をさえぎって、笑いだした。

「耕平のことじゃないよ、俺の好きなやつって」

「……え？」

「俺の大学の助教授」

僕は呆気《あっけ》にとられて言葉を失くした。

なんなんだ、それは。僕の目の前で耕平さんに対して散々思わせ振りな言動をとったくせに。

いや、だけどそもそも松尾さんは高校生の時に手酷《てひど》く耕平さんを振ったんだっけ。しかも、耕平さんの話だとゲイに対して嫌悪感もあらわだったって印象だ。目の前の出来事に攪乱《かくらん》されてそのへんのことをすっかり失念していたけれど、だとすれば相手が耕平さんだろうがそれ以外だろうが、松尾さんが今、同性に恋愛感情を抱いているっていうのはおかしな話だ。

なんだかわけがわからなくなってくる。

「俺のこと好きって言ってくれるくせに、なんか煮え切らなくて、しかも結婚するなんて言い出すし、もうどうしていいかわかんなくなっちゃって。それで急に、耕平のこと思い出したんだ」

松尾さんはいつもの皮肉っぽい口調で、淡々としゃべった。

「俺、高校生の時に耕平にちょっとひどいことしてるんだ」

「……知ってます」

僕は憤りを込めて答えた。

「そうか」

松尾さんはひっそりと笑った。

「正直、その時は耕平があんなに傷つくなんて思わなかった。俺はこういう性格だから、割とずばずばものを言っちゃうとこあるし。あの程度のことであんな大事になるなんて、理解できなかったんだ」

「……………」

「だけど、自分が振り回される側になって初めて、耕平を傷つけたこと、自覚した」

今頃自覚したって遅いんだよとひとりごちながら、けれど僕も似たようなことをさっき考えていたのを思い出した。人の気持ちは、同じ立場に置かれてみないと本当には理解できないものだって。

「それでどうしても耕平に謝りたくなった。相談にものってもらいたかったし、まあ、正直言うと、自分のことを死ぬほど好きだった相手に会って、プライドを取り戻したいっていう気持ちもあったし」

性格悪いぞ。

「ところが、帰ってきてみたら、耕平はきみと楽しそうにしてやがる」

「耕平さんは、仕事を楽しんでるんです」

訂正すると、松尾さんはからかうように肩を竦《すく》めた。

「こっちは傷つきまくりだっていうのに、きみらは妙に楽しそうで、見てたらなんか腹が立った。意地悪心が頭をもちあげて、邪魔してやれって思ったね」

とことん自己中な男だ。

「なんでわざわざそんなことを俺に言いに来るんですか」

松尾さんは、ちょっと笑って、切れ長の目を伏《ふ》せた。

「俺は別に、耕平のあんな顔が見たかったわけじゃないんだ」

「あんな顔？」

「さっきのきみの捨て台詞を聞いたときの顔」

僕は、去り際の耕平さんの表情を思い出した。

「あのあと、律儀《りちぎ》にも俺の相談にのってくれたけど、まったく心ここにあらずって感じだったよ。あんまり途方に暮れてるから、性格悪い俺もさすがに気の毒になった」

……性格の悪さは自覚してるのか。

僕は動転しそうになる気持ちを、心の中で松尾さんを揶揄《やゆ》することでごまかした。

「実はこれから噂《うわさ》の助教授先生が話し合いに来るんだ。多分、別れ話だと思うけど。そのことで、ちょっと耕平に話を聞いてもらいたかったんだ」

それを聞いて、僕は当初の疑問に立ち返った。

「松尾さん、ゲイを毛嫌いしてたんじゃなかったんですか」

「それは微妙に違う。俺は、ゲイである自分を毛嫌いしてたんだ」

松尾さんは、猫目で自分をも嘲笑《あざわら》うように笑った。

「高校生のとき、本当は俺も耕平のことが好きだったんだ。だけど、自分のそういう性向を認めたくなかった。そんなことしたら、人生が台無しになるって思った。耕平にははっきり言葉で告白されたとき、ひどい態度をとったのは、そういう恐《おそ》れみたいなものがあったからだ。実際、腹も立ってた。水を向けたのは俺だけど、言葉にしなければ、もっと長く普通につきあえたのに、耕平がうかつに告白なんて真似をするから、お互い生々しい現実を認識させられることになったんだ」

「それは見当違いの逆恨《さかうら》みでしょう。松尾さんがちゃんとOKしてたら、めでたしめでたしって話じゃないですか」

「そうしたら、今きみが困ってたんじゃないの？」

「なにわけのわかんないこと言ってるんですか」

いきなり矛先《ほこさき》を向けられてむっとすると、松尾さんは茶化すようにぐるっと目を動かした。

「まあ、もしも俺が自分の性向を認めて耕平を受け入れてたとしても、うまくはいかなかったと思うよ」

「どうして？」

「二人ともあまりに幼稚で、真剣すぎたからね。目の前のことしか考えられない歳で、全然余裕がなかった。もし俺が耕平の告白を受け入れたとしても、ろくなことにはならなかったと思うよ。せいぜい自殺未遂が心中に変わったくらいだ」

物騒なことを。

「……昔はそうでも、今ならうまくやっていけるかも知れませんよ」

ひねくれた僕の口は余計なことを言う。

松尾さんはにやりとした。

「ふうん。それでいいの？」

誘導尋問《ゆうどうじんもん》になんかひっかかるものか。

「もらっていいなら、もらっちゃうけど。あとで後悔しても、返してあげないよ？」

「後悔もなにも。だいたい、俺の歳じゃ幼稚すぎてうまくいかないって、さっき自分で言ったくせに」

「きみがガキでも、今は耕平が余裕のある大人になってる。それにきみは、昔のナーバスな俺たちとは違って無神経そうだから、大丈夫だと思うよ」

まったくいちいち失礼な男だ。

「松尾さんから無神経呼ばわりされるいわれはないです」

世の中にあんたほど無神経なやつはいないと思うぞ。

「なに怒ってるんだよ。褒《ほ》めてるのに。喜怒哀楽《きどあいらく》が健康的で、バランスがとれてるってことだよ」

そういうのを無神経って言うのかよ。

「人間、一緒にいる相手次第でいろんなふうになるんだよな。昔の俺と耕平の間にはいつも自《じ》虐的《ぎゃくてき》で投《な》げ遣《や》りな空気が漂《ただよ》ってたけど、きみといるときの耕平はいきいきして、能天気に見える」

耕平さんの能天気は断じて僕のせいじゃないぞ。

「まあ、せいぜい仲良く頑張りなさい」

「別に関係ないです」

「あ、そう。まあ、きみたちのことなんて俺としても関係ないけどね。それに実際、耕平とうまくいかなくても、きみはまたすぐに新しい相手に出会って、新しいドラマを見つけると思うし」

人を尻軽みたいに言うなよ。

「恋愛なんて、実は結構たやすいんだよな。その時はそれがすべてみたいに思い詰めても、本当は唯一無二《ゆいいつむに》の相手なんていやしない。人間、結構移り気でお手軽に出来てるものだし」

挑発的な言い方が癇に障った。

「俺はそんなに簡単に気持ちを変えたりしないし、したくないです」

「だったら、ヘソ曲げてばっかいないで、そういう方向で努力すれば？」

猫目で僕を見て言う松尾さんの台詞にかぶさって、再びお腹が鳴る音が響いた。

今度は、僕ではなかった。

「かっこよすぎ」

松尾さんはお腹をさすりながら吹き出した。

「……耕平さんとごはんを食べてきたんじゃなかったんですか」

「ウソだよ。きみをからかっただけ。耕平も今頃腹を鳴らしながら、商店街を回ってるよ、きっと」

なんなんだよ、このあまのじゃく男。

「そろそろセンセイが駅に着くから、迎えに行かなくちゃ」

松尾さんは腕時計に目を落として、大きくのびをした。

「もし振られたら、また耕平に慰《なぐさ》めてもらいに来ようかな」

からかうような視線をよこすので、思いきり睨み返した。

「じゃ、死んでも振られないでください」

松尾さんはちょっと目を丸くして、笑った。

「まあせいぜいねばってみるよ」

ドアの隙間から猫のようにすらすらと松尾さんが出ていくと、思わず身体中の力が抜けた。

なんだかいいようにかき回されてしまった。

フタを開けてみれば、僕は松尾さんのからかいに踊らされて、一人で疑心暗鬼《ぎしんあんき》に陥っていただけということか？

気抜けして部屋に戻りかけ、僕は足を止めた。

かみやで口にした捨て台詞が、いまさらながら恥ずかしく思い出された。

勝手な思い込みでフラストレーションをためこんでは爆発させるのは、僕の悪い癖《くせ》だ。考えてみれば、この前家族とやりあってしまったのだって、僕のひとりよがりみたいなものだったし。

相手がとりなしてくれるのを待つばかりではいけない。少なくとも癇癪《かんしゃく》を起こしたことは謝らなくては。

自分の学習能力のなさにがっかりしながら、僕は玄関に戻って靴を履いた。


商店のシャッターがおりた繁華街《はんかがい》は、所々にセンスのないネオンがひかひかしていた。車もまばらで、目につくのは風俗店の呼び込みと、酔《よ》っ払《ぱら》いくらいのものだ。

広くもない繁華街を行ったり来たりしてみたけれど、耕平さんたち夜回りの姿は見当たらなかった。もう引き上げてしまったらしい。

僕はかみやのシャッターの前まで戻って、住居の方のインターホンを押そうかどうかしばらく悩んだが、十時すぎにご両親まで騒がせるのは申し訳ない気がして諦《あきら》めた。

後味の悪さを引きずったまま、一人きりの家で過ごす一晩は、途方も無く長そうだ。

一人分の夕飯を作るのも億劫《おっくう》で駅前のコンビニに寄ったら、レジで財布を持っていないことに気付いた。

ついていない時は、なにもかもがうまくいかない。というより、ごくつまらないことでも、悪い暗示のように思えて、気が滅入《めい》ってくる。

もうこうなったら、帰って布団をかぶって寝てしまおう。

そう決めて家に戻ると、玄関灯の明かりの下に、長身のひょろりとした影が立っていた。

「なんだよ、大ちゃん。松尾と駈《か》け落《お》ちしちゃったのかと思ったよ」

いつもと全然変わらない、耕平さんののどかな声。

つい三時間前まで一緒にいたのに、何年も会えずにいた人にすごく久しぶりに巡《めぐ》り合《あ》えたような気分になって、僕はちょっとぼうっとして、立ち尽くしてしまった。

「……なんで俺が松尾さんと駈け落ちなんかするんですか」

そのくせ、口をついて出てきたのは、例によってとげとげしく生意気な声で。

「冗談だよ。でも、松尾一人を大ちゃんのところに置いていくのはかなり不安だったんだ。大丈夫だった?」

「別に。すぐ帰っちゃったし」

「そうか。大ちゃんはどこ行ってたの？」

「コンビニ。夕飯買いに行ったけど、財布を忘れて帰ってきました」

耕平さんを探しに行ったのだと、どうして素直に言えないのだろう。

「なんだ。ちょうどよかった。ラーメンは間に合わなかったけど、一緒に夕飯食べようと思って、これ買ってきたんだ」

耕平さんは近所の弁当屋の包みをかざした。

「お邪魔してもオッケー？」

「あの」

「え、ダメ？」

「じゃなくて」

なんでもかんでも耕平さんの懐《ふところ》の広さに甘えて済《な》し崩《くず》しではいけない。きまり悪くてもまずは謝らなければ。

僕は野菜嫌いの子供が人参《にんじん》を飲み込むようなせわしなさで一息にまくしたてた。

「さっきのはちょっと、言い過ぎでした。すみません」

耕平さんは細い目でにこっと笑った。

「いいよ、そんなの。お腹がすくとカリカリするのはオレも同じだよ。それより、まさか本気でうちのバイトやめたいとか思ってる？」

「いえ……」

「それならよかった」

僕がうだうだ考えていたことを、耕平さんはあっけないくらい簡単に片付けてしまった。

玄関のカギを開けると、耕平さんは初めてとも思えない気さくさで、僕のあとについてあがってきた。

「きれいにしてるね。掃除も大ちゃん担当？」

「まあ、主に」

事態のスピードについていけず、気持ちの収拾がつかないまま居間に踏み込んで、僕は思わずどきりとなった。

さっき怒りに任せて引き裂いた教習所の封筒が、畳の上に散乱している。

慌てて回収しようとしたところに、耕平さんが入ってきてしまった。

「ガーン。ここまで嫌われてたとは」

耕平さんは半《なか》ば冗談めかした沈鬱《ちんうつ》な表情で、眉間《みけん》を押さえた。

後悔と後ろめたさの反動で、僕はしゃがんで封筒の破片を拾い集めながら逆に食って掛かった。

「だって、耕平さんが嘘つくから」

「嘘？」

「ボーナスで免許取らせてくれるなんて嬉しがらせて、ホントは単に仕事に免許が必要だからなんでしょう。デリバリーのこと、松尾さんから聞きました」

耕平さんはため息とも失笑ともつかない声をもらして、屈《かが》みこんだ。

「あのね、大ちゃん。仕事のためだけだったら、最初から免許持ってる人に来てもらった方がどれだけ安上がりかしれないでしょ。成人のほとんどが免許を持ってる県なんだし」

「え……」

指摘されて初めて、僕はそんなものすごく当たり前のことに思《おも》い至《いた》った。

僕の発言は、裏を返せば、自分のことをわざわざ教習所の代金を払ってでも雇っておきたい人材だと言っているようなものだ。疑心暗鬼のあまり頓珍漢《とんちんかん》なことを考えついた自分が、にわかに恥ずかしくなった。

「だって、松尾さんがそう言ってた。俺は宅配のことなんて、全然知らなかったのに」

恥ずかしさのあまり、僕は見苦しくあくまで松尾さんに責任転嫁《てんか》して言いつのった。

「それに昨日だって、俺が松尾さんに失礼なこと言ったからって、耕平さん俺のこと怒ったし」

しかも松尾さんつながりで論点が全然違う方にスライドしていってしまう。

耕平さんは呆れたように僕を見て、苦笑いしながらかぶりを振った。

「宅配のことは、近々大ちゃんに話そうと思ってたんだよ。松尾に先に話したのは、ほかに話題がなかったからだ」

「え？」

「大ちゃんとは話したいことがたくさんあるからつい話しきれないこともでてきちゃうけど、松尾とは五年もブランクがあるから、話題っていっても昔話くらいしかないんだよ。それでつい仕事の話なんかして間をもたせてた。それだけだよ」

僕は拍子抜けしてのめりそうになった。その程度のことなのか？

「それに、昨日のは単に身内の大ちゃんがお客さんに対して困った態度をとったから、叱《しか》っただけだよ」

耕平さんはあっさり言った。

つまり、松尾さんは今ではただのお客さんに過ぎないって言いたいのか？

僕は疑り深く耕平さんを見上げた。

「ただのバイトの僕が、耕平さんの好きな人に生意気な口をきいたからじゃないんですか」

松尾さんの目の前で、僕は何度も耕平さんから「ただのバイト」と強調されたのだ。

少しヘソを曲げて言うと、耕平さんは肩をすくめた。

「ただのバイトって言ったのは、大ちゃんに嫌がられないようにっていう方便だよ。第三者からヘンな疑いかけられたら、大ちゃんが不愉快だと思って」

あんまりさらさらと答えが出てくるのでやっぱり誤魔化《ごまか》されている気がしてしまう。

「さっき、松尾さんとちょっと話をしたんです。松尾さん、高校生のときホントは耕平さんのことが好きだったたって言ってました」

「ああ、うん」

「知ってたの？　それ聞いたとき、嬉しくなかった？」

「うーん」

「死ぬほど好きだった人なんでしょう？」

「まあ昔のことだよ。それより、弁当食べない？」

「なんでそうやってはぐらかすんですか」

思わず語調が強くなっていた。

「松尾さんが店に来るようになって、そのことで俺が質問しても全然教えてくれないし、すぐはぐらかすし、つまりやましいところがあるってことでしょう」

ひとこと言うたびに、自己嫌悪に陥っていく。耕平さんが誰を好きであろうと、別に僕に対してやましさなんか感じる理由も必要もないじゃないか。

耕平さんは困ったような笑みを浮かべて、僕の傍《かたわ》らに来てしゃがんだ。

僕の手から封筒の破片をとりあげてポイと放り出し、握手《あくしゅ》するように僕の右手を握《にぎ》った。

「……これ、なんですか？」

僕は胡乱《うろん》に耕平さんの手と顔を見比べた。

「逃げられると困るから、ちょっと拘束《こうそく》。あのね、おじさんは少々きまり悪いんです」

耕平さんは左手で膝に頬杖《ほおづえ》をつきながら言った。

「前に、昔のことを大ちゃんに話したときには、まさか大ちゃんと松尾本人が顔を合わせることがあるなんて夢にも思わなかったから」

僕だって思わなかった。

「自分で話すのはいいんだ。ちゃんと気持ちの整理もついてるし、もう過去のこととしてしゃべれるから。でも、松尾の記憶の中では、オレは昔のままのオレかもしれない。だからはぐらかしたくなるんだよ」

「……松尾さんの前で、いいカッコしたいから？」

訊ねると、耕平さんはがくっと肘《ひじ》をすべらせた。

「いい加減、わかるでしょう。今好きなコの前で、昔のかっこ悪い自分のことを蒸し返されるのは、あまりにきまり悪いってことだよ。松尾を見るたびに、大ちゃんがオレの若気のいたりを思い出してると思うと、情けなくなるじゃん」

今好きなコ？　……って話の脈絡からすると僕ってこと？

言葉の意味を吟味《ぎんみ》しつつ、僕は妙に冷静だった。だってこれまでにも耕平さんからこの手の冗談台詞を山ほど聞かされてきているのだ。ちょっとしたスキンシップだって日常茶飯事《さはんじ》だ。

おかげで感覚が麻痺《まひ》しているし、このところの疑心暗鬼も手伝って、こんな台詞を真に受けるほど単純にはなれない。

「そうやってからかって、またはぐらかそうとしてるんでしょう」

疑り深く言うと、耕平さんはがっくりとうなだれた。

「信用ないなぁ、オレ」

「だっていつも冗談ばっかだし」

「冗談だって真面目《まじめ》な気持ちで言ってるんだけど」

わけのわからないことを言う。

「松尾のことを好きだったのは本当だし、それが原因でバカなことをやらかしたのも本当だけど、単純にその二つをくっつけて、死ぬほど好きだった、っていうのはちょっと違うんだ。あの頃のオレは結構完璧《かんぺき》主義で、百じゃないならゼロみたいな考え方してた。それで、松尾とのことで人生はゼロみたいに思っちゃったけど、それはあくまで引き金で、恋愛だけに失望してたわけじゃないんだ」

うまく説明できないけど、と耕平さんは神妙な顔で笑った。

「松尾さんのどこが好きだったの？」

お世辞にも性格がいいとはいえないシャム猫顔を思い浮かべながら訊いてみた。

「それも説明が難しいけど、なんていうかあの遠慮《えんりょ》のない物言いかな。信じてもらえないかもしれないけど、昔のオレは結構生真面目で自己主張が苦手だったから、あの外面《そとづら》とか保身とか全然考えてなさそうな性格に憧《あこが》れる部分はあったな」

「……ユニークな趣味ですね」

僕が言うと、耕平さんは吹き出した。

「でも、松尾ってあれで結構可愛《かわい》いところもあるんだよ」

可愛いだって？

なんだか面白くない。

「その可愛い松尾さんは、耕平さんとやり直したいって言ってましたよね」

「あんなの冗談だって。松尾だってちゃんと恋人がいるんだし」

僕だって、今になってみればあれはただ僕をからかっていたんだってわかるけど。

「それに、もし今、松尾に恋人がいなくて、それでオレのことを好きだって言ってくれたとしても、やり直すなんて思いもよらないよ」

心なしか、握手の右手に力が込められた。

「昔松尾のどこが好きだったかなんて話より、今、大ちゃんのどこが好きかを話したいな」

今頃になって、僕は少しばかりどきどきしてきた。

「初めて会ったときから、かわいいなぁって思ったんだ」

「……耕平さんの言うことって、全部冗談っぽい」

「本当だよ。何度か会ううちにちょっと鬱屈《うっくつ》がたまった反抗期っぽいところが気になり始めて、昔の自分と重なるみたいで、放っておけなかった」

「……」

「責任感が強いところとか、やさしいところとか、ちょっと気の短いところも全部好ましかった。大ちゃんと一緒にいると、瑞々《みずみず》しい気持ちを思い出して、ここがぎゅっとなる」

左胸を指差して、耕平さんは澄んだ目で僕の顔を覗き込んだ。

耕平さんのことを「ふざけてばっかり」などと言っておきながら、いざシリアスな顔でこんなことを言われると、どういうリアクションをとればいいのかわからなくなる。

つないだ手が妙に意識されて、僕は視線をうろうろさまよわせた。

「なあ、野良猫を懐《なつ》かせたことってある？」

唐突に耕平さんは変なことを言い出した。いったいなんだといぶかりつつ、突然のどきどきに戸惑《とまど》う僕は、一瞬話題がそれたことに少しほっとした。

「ありますけど？」

「野良猫って、そうそう短時間では懐いてくれないんだよな。下手《へた》に触ろうとするとかえって警戒心《けいかいしん》もたれて逆効果だし。とにかく根気よく距離を詰めるしかない」

「餌《えさ》をあげたりじゃらしたり？」

「そうそう。さり気なく手懐けていくんだ」

「それでようやく慣れたと思うと、隣の犬にぎゃんぎゃん吠《ほ》えられて、また元の警戒心むき出しの状態に戻ってがっかり、とか」

「そう、まさにそれだよ、オレと大ちゃんの関係って」

……ちょっと待てよ。

「それって俺が野良猫ってこと？」

松尾さんのことを心の中で血統書つきのシャム猫にたとえていた僕としては、雲泥《うんでい》の差の野良呼ばわりされて、嬉しくない気分。

「ただのたとえだよ。別に小鳥でもハムスターでもなんでもいいんだけど、野良猫はわかりやすいから」

耕平さんは笑いながら言った。

「大ちゃんを懐かせたくて、長期戦覚悟でのんびり外堀《そとぼり》を埋《う》めてたんだ。自惚《うぬぼ》れかもしれないけど、結構好感触《こうかんしょく》かななんて、最近思い始めてた」

「…………」

「ところが思いがけない人物の登場で、すっかり混乱しちまった。正直、さっきの大ちゃんの捨て台詞は、かなりザックリきたよ。なにくわぬ顔を装ってこうやって弁当なんか持ってきたけど、内心、口きいてもらえなかったらどうしようってかなり焦《あせ》ってた」

「……すみません」

「気色悪い、ホモの巣窟《そうくつ》ってのはイタかったなぁ」

「だって、二人でベタベタしてるし」

「脚色するなよ。松尾がふざけてただけで、オレは何もしてないって」

「でも、まんざらでもなかったでしょう？」

「だから、松尾とはもうそういう感じじゃないってば」

「懐かしそうに色々盛り上がってたじゃないですか」

「懐かしかったのは本当だよ。五年ぶりだったし、もし会うことがあったら相当気まずいだろうって思ってたのに、意外にそんなこともなかったし。でも、正直、連日覗きに来るのはちょっと困ったなぁって感じだった」

「そうは見えなかったけど」

「だってお客様は神様だもん。来るなとは言えないでしょう」

「……詭弁《きべん》って気がする」

「疑り深いな。オレが今、誰よりいちばん好きなのは、大ちゃんなのに」

心臓のどきどきが少し大きくなった。

「あ、もしかして、プレッシャー？　別に、今までどおりのつきあいを続けてもらえたら、オレはとりあえずそれだけで十分嬉しいんだから、あんまり重く考えないでよ」

耕平さんのことを好きなのに、認めることにどこか戸惑《とまど》いがあって話をあちこちにはぐらかす僕の揺れを、多分耕平さんは見透かしていて、逃げ場をくれる。

つないだ右手が汗ばんできて、僕はきまり悪く目を逸《そ》らした。

耕平さんは子供の機嫌をとるみたいに、僕の手を振った。

「それとも、まだ松尾のこと気になる？　ホントに今はただの友達だよ」

僕は、自分の気持ちをどう伝えたらいいのかはかりかねて、そもそも伝えるべきかどうかも迷いながら、胸の中でくすぶるイガイガを吐《は》き出《だ》した。

「……友達っていうだけでも、なんか腹立つ」

「え？」

「しかも、今はどうでも、昔はあの人のことを死ぬほど好きだったんだって思うと、ハラワタが煮え繰り返る」

短い沈黙のあと、耕平さんが言った。

「それ、やきもち？」

……知るかよ。

「ねえ大ちゃん、嫉妬してくれてるの？」

畳み掛けるように言われて、顔から火を吹きそうになる。

「オレのこと、好きになってくれたの？　すげー嬉しい。死ぬほど嬉しい」

「……冗談にならないから、死ぬとかいうのはやめてください」

恥ずかしさのあまりぶっきらぼうな声で言うと、耕平さんはうずうずするような笑顔で僕を覗き込んでくる。

「大ちゃん」

「なんですか」

「キスしたくなっちゃった。してもいい？」

いきなり踏み込まれて、僕は逃げ腰になった。

「ちょっと待ってください。あの、ほら、お腹すきません？　そうだよ、弁当食べるんじゃなかった？」

焦る僕に、耕平さんは吹き出した。

「オレにはぐらかすなとか言って、大ちゃんこそはぐらかしまくりじゃん」

「それはだって……」

耕平さんはしばらく楽しげに笑い、やがて儀式の前のようにちょっと真面目な顔になった。

僕の目を見て、さっきの台詞を繰り返す。

「キスしてもいい？」

「………」

「イヤだったら、これで殴《なぐ》っていいよ」

そう言って、汗ばむ僕の右手を解放した。

……殴れるわけないだろう。

真摯《しんし》な瞳を見ていると、心臓がどんどんせりあがってくるようで息苦しくて、僕はぎゅっと目を閉じた。

後ろに両手をついた無防備な格好で、僕は耕平さんとキスをした。

いつも冗談ばっかり言っている三枚目の耕平さんと、魂《たましい》まで吸い取られそうな濃厚なキスとのギャップが、ぞくぞくする。

食いしばっていた歯列《しれつ》をいつの間にか割られ、上顎《うわあご》をなめられると、足の爪先《つまさき》がびりびり痺《しび》れた。

反射的に耕平さんの身体を押し返そうと両手を畳から離し、バランスを失って、僕は耕平さんの下敷《したじ》きになって、仰向《あおむ》けに倒れた。

耕平さんは僕の頬や額やまぶたや、とにかく顔中に犬がじゃれつくみたいなキスをしてくる。押《お》し退《の》けようとする指先にまで、キスの嵐。

「ちょっと待って……」

「男にこんなことされるの、気色悪い？」

店の前で僕がぶつけた捨て台詞を、気にしているのか皮肉っているのか、耕平さんは少しかすれた声で言った。

気恥ずかしくて、居たたまれなくて、けれど首筋をくすぐる吐息《といき》のせいか、緊張《きんちょう》の反動か、僕は思わず笑ってしまった。

「ていうか、くすぐったいです」

「よかった、殴られなくて」

耕平さんは僕を見下ろしながら笑い、

「またドライブに行こう」

弾《はず》むような声で言った。

「大ちゃんも免許を取ったら、交替で運転してかなり遠出もできるよ。いろんなところに行って、おいしいものをたくさん食べて、楽しいことをたくさんしよう」

思いがけない状況と展開に気持ちをゆらゆら振り回されながら、それでも耕平さんのいきいきした顔を見ていたら、僕もこれから起こるであろうたくさんの楽しいことが、待ち遠しい気分になった。

「仕事も頑張らないとね。デリバリーを始めたら、惣菜だけじゃなくて弁当も作りたいって考えてるんだ。また大ちゃんのアイデアを貸して欲しいな」

弁当の二文字で、僕は頭上の包みのことを思い出した。

「そうだ、弁当が冷めちゃう」

現実的な台詞を口にしたら、にわかに自分の置かれている状況に対しても現実感がよみがえって、きまり悪さと恥ずかしさが込み上げてきた。

「多分もうすでに冷めてると思うよ」

耕平さんはなにげにその包みを遠ざけた。

「それより、大ちゃんが冷めないうちにいただかないと」

「なに言ってるんですかっ」

「好きだよ、大ちゃん！」

茶化し口調で言いながら、僕の脇腹をするりと撫《な》でてくる。

「ぎゃーっ。外堀はどうなったんですか、外堀はっ」

「こんなのまだ外堀のうちだよ」

「わっ、バカ、くすぐったい！」

いたずらな手と格闘《かくとう》しながら、僕は笑い転げて畳の上をのたうちまわった。

「デリカシーのない子だなぁ。悶《もだ》え方の種類が違うよ」

「なにバカなこと言ってるんですか。こんなの、くすぐったい以外のなにものでもないですっ」

冗談めかした言葉のやりとりをしながら、僕は内心微妙に緊張していた。

もしも耕平さんに、これ以上のことを求められたらどうしよう？

いいとかいやとかいう問題じゃなくて、自覚したばかりの僕の気持ちはさっきのキスだけでいっぱいいっぱいで、まだそんな段階までには至っていないわけで……。

そんな僕の心中を悟っているのか、耕平さんの指はなんの邪気もない完全なちょっかいといった動きで僕をつつきまわした。人をくすぐりまくって楽しむ、いたずら小僧みたいな感じ。僕は声がかれるほど笑わされて、へとへとの窒息《ちっそく》死寸前状態でようやく魔の手を逃れた。

「苦しー」

むせ返る僕の横で、

「あちー」

耕平さんは仰向けに引っ繰り返って、Tシャツの胸をつまんで風を送った。

悪ふざけに対して抗議しようと耕平さんの方を見たものの、目が合ったらなぜかまた笑いが込み上げてきた。

天井を眺めながら、二人してしばらく笑い続けた。

思えば、僕は耕平さんと出会ってからの短い時間に、これまでの人生全部に匹敵するくらいたくさん笑っている。笑うと、頭の中が爽快《そうかい》に空《から》っぽになる。あるいは、爽快に空っぽなときに人は笑えるのだろうか。

耕平さんの手が伸びてきて、人差し指の爪の先が僕の手のひらを縦になぞった。

今度は、くすぐったくはなかった。

「弁当、食べようか」

「そうですね」

言いながらも、僕たちは動けず畳の上で見つめ合っていた。

「生きててよかった」

耕平さんは自分を茶化すように笑って言った。

「大ちゃんに会えてよかった」

吸って吐く息のように自然に出てきた言葉は、僕の胸に静かに落ちた。

耕平さんの指は、今度は僕の手首にかかり、ためらいがちに引き寄せられた。

「触ってもいい？　大ちゃんの嫌がることはしないから」

ささやく声がいつもの耕平さんと違っていてどきどきしたけど、

「っていうか、触ってみないと嫌かどうかわからないのが、この命題の難しいところだ」

続く台詞はやっぱりいつもの耕平さんのもので、僕は笑いと呆れと戸惑いを織り交ぜた春の空気みたいなふわふわした気分で、耕平さんの指先に釣《つ》られて畳を転がった。


どうやら、耕平さんがうまいのは、料理だけではなかったらしい。

その片鱗《へんりん》のほんの触りの部分を、僕はその晩知ることとなった。

手術台のライトが、目も開けていられない眩《まぶ》しさで僕の顔を照らしていた。

白衣姿の耕平《こうへい》さんが、器具をカチャカチャいわせながら、楽しげに僕を覗《のぞ》き込《こ》んでくる。

麻酔《ますい》もなしで何をするつもりだと慌てふためき、身を竦《すく》ませる自分の身体の動きで目が覚めた。

開けっ放しのカーテンから、明るい陽射しが確かな現実感で差し込んでいる。

夢だったかと安心したのも束《つか》の間《ま》、カチャカチャいう音はまだ響いていた。

それが玄関のカギを開ける音だと気付いて、僕は仰天《ぎょうてん》して起き上がった。

畳の上には、昨日食べそこなった弁当が袋のまま置いてある。

座布団の上で寝ていた僕の上には客用の夏掛けがかけられていた。服は昨日のままだったが、シャツのボタンが全開になっており、僕は昨夜のささやかなスキンシップを思い出して、顔から火を吹きそうになった。

台所ののれんが揺れて、だしのいい匂《にお》いとともに耕平さんが顔を覗かせた。

「起きた？　その掛け布団、勝手に押入れから出しちゃったけど、よかったかな」

昨夜のことが現実だったという証拠を一挙《いっきょ》に突き付けられた感じで僕は一気にうろたえ、しかし玄関のドアが開く音にそれどころではなかったと思い出した。

「ただいまー」

「あれ、この靴《くつ》、お客さん？」

未来《みき》と良太《りょうた》の明るい声。

「ずいぶん早いご帰還《きかん》だな。まだ昼前だぜ？」

耕平さんは悠長《ゆうちょう》な口調で言うが、僕はそれどころではない。

飛び起きて布団を部屋の隅に押しやり、洗面所に飛び込んで鏡の前でおかしなところがないかチェックした。

なんだか目がうるんで、焦点《しょうてん》が合っていない気がする。しかしいまさら処置のしようもない。

再び居間に戻ると、耕平さんがにこやかに家族に自己紹介を終え、昨夜泊まった経緯《けいい》を家族に話しているところだった。

いわく、惣菜《そうざい》談義に花が咲き、朝まで討論《とうろん》してしまったとかなんとか。

「お留守にお邪魔して申《もう》し訳《わけ》ありません」

「いやいや、こちらこそ息子がお世話になっているようで、すみません」

「とんでもない。大輔《だいすけ》くんのおかげでたいへん助かってます」

「おたくのお惣菜は、さっぱりしてて本当においしいわねぇ」

「おばあちゃんみたいな料理のベテランに褒《ほ》めていただくのは、なにより光栄です。ありがとうございます」

商売柄か、大輔さんのあいさつはそつがない。

「なんだよ、おにいちゃん。オレにはここで寝ちゃいけないとか言うくせに、自分ばっかずるいよ」

部屋の隅に押しやった座布団と夏掛けを目ざとく見つけて、良太が口を尖《とが》らせた。

「温泉の豪華な部屋に泊まってきたくせに、つまんないことで文句言うなよ」

内心の動揺《どうよう》を押し隠し、理不尽な力技で良太を黙らせる。

「だいたい、なんだってこんな朝早く帰ってきてるんだよ。せっかく出掛けたんだから、のんびりしてくればいいのに」

「だって、おにいちゃんがいないとつまんないんだもん」

ちょっとぐらっとくるような良太の殊勝《しゅしょう》な言い分に、未来が付け加えた。

「それに、旅館のごはんって山菜とか川魚とかばっかりで、食べれるものがほとんどないんだよー。お兄ちゃんのご飯の方が百倍おいしいよ。ねえ、お腹すいちゃった」

「飯炊《めした》きか、俺は」

むっとしてみせると、横で耕平さんが吹き出した。

「ちょうど今、新しい惣菜の試作をしようと思ってたところなんです。勝手に台所を使わせてもらっちゃってるんですけど、いいですか？」

「うわーい！」

「やったー！」

ガキどもはどたばた飛び回り、僕は起き抜けのまま惚《ほう》けた混乱状態で否応無《いやおうな》しに台所に立つハメになった。

昨夜の気配はあとかたもなく消え、家の中は完全にいつもの騒々しい日常だ。もっとも、おかげで気恥ずかしい空気が払拭《ふっしょく》されて助かったけど。

台所では、すでに具だくさんの野菜スープが、いい匂いをたてていた。調理台の上には皮をむいたじゃがいもがならんでいて、耕平さんはそれをすりおろし始めた。

「何作ってるんですか？」

「変わりお好み焼き。ここに卵と粉を入れて焼いて、具を巻いて食べるんだけど、独特の歯ざわりでなかなかうまいよ。大ちゃんは具のもやしと椎茸《しいたけ》を炒《いた》めてくれる？」

「はい」

なんだか耕平さんの顔がまともに見れなくて、僕はぎくしゃくとフライパンを手にとった。

「いいご家族だね」

いかにも楽しそうにいもをおろしながら、耕平さんが言う。

「そうですか？　時々うるさくていやになるけど」

「そんなこと言ったら、バチが当たるよ。でもオレ、いつか大ちゃんの家族から敵視される日が来るんだろうな」

「どうして？」

「『息子さんをください』ってやるから。わはははは」

「……朝からハイテンションですね」

「そりゃそうだよ。オレ、今最高に幸せだもん。昨夜の大ちゃんは可愛《かわい》かったなー」

僕は動転して菜箸《さいばし》を床に落とした。

「オヤジみたいなこと、言わないでくださいっ！」

「大ちゃんに比べたら五歳もオヤジだもーん」

しゃあしゃあと居直って笑う。

実際のところ、昨夜それほど大したことがあったわけじゃない。スキンシップに毛が生えた程度の接近があっただけのこと。それでも僕には人生の根幹《こんかん》を揺るがす出来事ではあったのだけれど。

「そういえば、松尾《まつお》さんは結局どうなったんだろう」

きまり悪くて、僕は話の矛先《ほこさき》をそらした。

「ああ、夜中にケイタイに電話があった」

「ホント？　全然気付かなかった」

「あのとき、大ちゃん色っぽい顔して意識飛ばしてたからなぁ」

今度は胡椒《こしょう》のビンが僕の手から転がり落ちた。

「もうっ、いい加減その話題から離れてください！」

「なにか言ったー、おにいちゃん？」

思わず出てしまった大声に、居間から良太が声をかけてきた。僕はびびって胡椒のフタまで放り投げてしまった。

「なんでもないよ」

焦《あせ》って答える僕に、傍《かたわ》らの耕平さんは身体をくの字にしてくつくついっている。

「笑うことないでしょう。誰のせいだと思ってるんですか」

「ごめんごめん。あのね、松尾は話し合いの末恋人と仲直りして、昨夜二人で東京に戻ったらしいよ」

「なんだ」

「結局ただの痴話喧嘩《ちわげんか》だったらしい。人の恋愛話っていうのは、真剣に相談にのるとバカをみる確率が高いよな」

「人騒がせな人だな」

ぷりぷりしてみせながら、内心はかなりほっとしていた。丸く収まったならなにより。また現われて嵐を起こされたらたまらない。

「あ、ねえ、これ納豆《なっとう》巻いたらうまそうじゃないか？」

耕平さんが突如《とつじょ》目を輝かせた。

「納豆？　気持ち悪そう」

「そんなことないよ。イケる気がする。冷蔵庫にあったよね、納豆」

返事も待たずに冷蔵庫を開ける耕平さんは、心底楽しそうでいきいきしている。料理をすること、そして新しいアイデアをひねり出すことが、本当に好きで楽しくて仕方がないって感じだ。見ている僕の方まで、エネルギーが充電されてくる。

タネを流したフライパンをあやつりながら、納豆のパッケージを開く器用な指先。

この指が昨夜僕にどんな変化をもたらしたか、思い出すと体温があがってまたどきどきしてくる。

けれど意外にも、僕は耕平さんとの新しい関係に、照れやきまり悪さはあっても、不安や恐《おそ》れをほとんど抱いてはいなかった。あの松尾さんや耕平さんでさえ、普通と違う最初の恋愛で相当の葛藤《かっとう》があったらしいのに。僕は自分で思っていたより図太いのだろうか。

「んー、これ結構ヒットかも」

料理に没頭《ぼっとう》する耕平さんを、僕は横目で見上げた。

多分、相手が耕平さんだからだ。後ろめたさや迷いは、すでに一波越えている耕平さんの懐《ふところ》に吸い込まれて消えてしまう。

恥ずかしいから本人には絶対言わないけれど、この街に根をおろして人生を楽しむ耕平さんの生き方を、僕はひそかに尊敬している。だからきっと、耕平さんを好きな自分を、肯定できる。

「大ちゃん、味見」

耕平さんは焼きたての破片を菜箸にはさんで差し出してきた。炒め物で両手がふさがっていたので口を突き出すと、耕平さんは箸を引っ込め、すごい早業《はやわざ》でキスしてきた。

「あ、間違って大ちゃんを味見してしまった」

「どこまでふざければ気がすむんですかっ」

僕はスリッパで耕平さんの足を踏みつけた。

やっぱり不安に思うべきかも。こんな人を尊敬してるなんて、僕は見る目がないのかもしれない。

しかし改めて口にした納豆巻きお好みは、なかなかの味だった。

「せっかくの休みだし、ご家族にこれを試食してもらったら、ちょっとそこまでドライブに行こうか」

「今回のちょっとはどこまでですか？」

「んー、仙台《せんだい》に牛タン食べに行くっていうのはどう？」

「……それ、今日中に帰って来れるんですか」

どこがちょっとだよと、相変わらずの耕平さんに呆れてみせながらも、窓の外の気持ちのいい青空は、そこでもどこでも行こうじゃないかと、僕をうきうき誘ってくる。

季節は少しずつ夏に向かって移り変わっていく。

春夏秋冬にいつも文句をつけてきた僕だけど、今年は夏も好きになれそうな予感がする。

あとがき

月村　奎

こんにちは。皆様お元気でお過ごしですか？

はじめましての方も、お久しぶりですの方も、お手にとってくださってどうもありがとうございます。

新書館様では二冊目、ちょうど一年ぶりの文庫となります。

あとがきが不得手な私、果たして前回はどんなことを書いて切り抜けていたのであろうかとぱらぱらと前の本をめくってみたら、あとがきを書いている最中に初雪が降りだしたとあってちょっとびっくり。私の街では雪など一年に一度くらいしか降らないのですが、偶然にも今夜、今年初めての雪が降っているのです。

雪が降ると、見慣れた風景が一瞬にして変化してしまうから面白《おもしろ》いですよね。道路とか畑とか、いつもは黒い場所が白黒反転してしまうので、まったく違う場所に来てしまったような錯覚《さっかく》に陥《おち》ります。実はさっき、真夜中というのに粋狂《すいきょう》にも雪景色の街を散策に出掛け、あやうく遭難《そうなん》しかけました。寒いのは苦手なくせに、雪は別腹（？）。いくら眺《なが》めても、見飽《みあ》きることのない風景です。

まさか地元でこんなにたくさんの雪が降るとは思わなかったもので、つい数日前、きれいな雪景色を見たい一心で北海道まで足を延ばしてきました。

道南《どうなん》を急ぎ足で回った旅でしたが、函館《はこだて》、札幌《さっぽろ》、小樽《おたる》と進むごとに雪がどんどん増え、お腹いっぱいに雪景色を堪能《たんのう》しました。雪原の上にところどころ切り取り線みたいにキタキツネの足跡が走っているのが、なんとも楽しい眺めでした。

かれこれ四回目の北海道でしたが、今回初めて函館の夜景を見ることができました。有名な観光地というのはえてして写真で見る方が美しく、実物にがっかりさせられることが多いものですが、この夜景は想像以上の見応《みごた》え。よく晴れた寒い夜で、条件もよかったのだと思います。海と海の間、ウエストみたいにくびれた狭《せま》い街が一面色とりどりの光に埋《うず》もれ、奥のスキー場のナイター照明がぽつぽつと幻想的に空に浮いて見えるのです。オレンジの光の粒々《つぶつぶ》はイクラに似ていておいしそうで、翌朝は早起きして、朝市でイクラ丼《どん》をお腹いっぱい食べました(笑)。おいしかったです。

札幌では、桜木知沙子《さくらぎちさこ》ちゃんに遊んでもらいました。よく年末のテレビ番組で目にするすすきの交番前で待ち合わせをして、大通《おおどおり》公園の色鮮《いろあざ》やかなイルミネーションを案内していただきました。

厚地のタイツに靴下《くつした》を重《かさ》ね履《ば》きし、ロングコートにくるまった私とは対照的に、札幌っ子の彼女は膝丈《ひざたけ》ワンピースにショートコートの軽やかなお支度《したく》。マイナス六度の雪道をパンプスで軽々と走る颯爽《さっそう》とした姿に胸がときめきました。生まれ育った土地によって、寒さ暑さに対する耐性というのはきっと全然違うのでしょうね。

知沙子ちゃん、おいしいしゃぶしゃぶをごちそうさまでした。今度は私の街にも遊びに来てね。ふふ。

旅の途中、市場や売店に立ち寄ってはあれこれお土産《みやげ》を買い込んだのですが、帰って来てみたら自分のものはほとんど買っていなかったことに気付きました。おいしい食べ物やお菓子が多い北の街、欲しいものはたくさんあったはずなのに。結構そういうことってありませんか？夢中で人のお土産を買っているうちに、自分のものはうっかり忘れてしまう。私はいつもそんなふうです（ちょっとカテゴリーは違うけれど、写真を撮ることにばかり夢中になって、全然景色を見て来なかったなんてことも、旅先ではありがちですよね）。唯一《ゆいいつ》、小樽の北一《きたいち》硝子《ガラス》で養子縁組をしたガラス細工のくまが、きらきらの雪景色を思い出させてくれる貴重な一品です。

なにはともあれ、お正月早々楽しい旅でリフレッシュしたので、今年もまた一年、頑張《がんば》りたいと思います。


……と括《くく》ろうと思ったのですが、まだあと二ページ以上スペースが残っておりました。あとがき五ページというのは、果てしない道のりですね。

少し本篇のお話を。

このお話は、久しぶりに自分の住む街をモデルに書きました。大輔《だいすけ》は大学進学に際して東京に行くか地元に残るかで悩んでいますが、私は東京に進学したあとの問題で、卒業後東京に残るか、地元に帰るか迷った時期がありました。最終的には地元に戻ったものの、なんだか納得しきれず、東京でいきいきと仕事をしている友達が羨《うらや》ましかったり、実家での生活に閉塞感《へいそくかん》を覚えたり。自分の選択は間違いだったのかと少しばかり後悔したりしました。

その後悔を払拭《ふっしょく》するきっかけとなったのは、大輔と同じようにちょっとした遠出でした。私の場合、ドライブではなく空の旅だったのですが、あれこれ悩んでいた時期に飛行機に乗ったら、あまりにもあっけなく悩める土地から引き離してくれて、その当たり前のことにちょっとびっくりしたのです。

もちろん、それは旅行ゆえの気楽さで、実際には住む場所や仕事や人間関係を変えるのはとてもエネルギーのいることです。でも、もしも本当に行き詰まってしまった時には、脱出するのはとてもたやすいことだと知って、急に気が楽になりました。

別に逃避《とうひ》を推奨《すいしょう》するわけではないのです。詭弁《きべん》かもしれないけれど、いざとなれば簡単にどこにでも行ってしまえるのだと気楽に考えると、逆に身近なものを愛《いと》しく感じ、現状に対して前向きになれるものだと、そのとき私は感じたのでした。

そんな気持ちを思い出しながら、この小説を書きました。

今回も編集部の皆様、とりわけ斎藤さんにはたいへんお世話になりました。いつも本当にありがとうございます。これからもどうぞよろしくお願いいたします。

それから南野《みなみの》ましろ様、素敵なイラストを描いていただけてとても嬉《うれ》しかったです。大好きな漫画家さんが、自分の小説のキャラクターに命を吹き込んでくださるというのは本当に嬉しく幸せなことです。どうもありがとうございました。

そしてこの本を手にとってくださった皆様に心よりお礼申し上げます。これは私の十一冊目の本になりますが、本屋さんの店頭に並ぶ日のことを想像すると、一冊目の時と変わらない緊《きん》張感《ちょうかん》で心臓が痛くなります。一行でも、一文でも、お気に召《め》す部分があるといいのですが。

もし気が向かれましたら、感想などお聞かせください。どんなふうに読んでいただけたのか知るすべはお手紙しかないので、一言でもご意見ご感想などいただけると、とても参考になります。

ではでは、長々とお付き合いくださってありがとうございました。

またどこかでお目にかかれますように。

二〇〇一年　一月　九日

月村奎

D E A R + N O V E L

スプリング・ハズ・カム！

Spring has come!

この本を読んでのご意見、ご感想などをお寄せください。
月村 奎先生・南野ましろ先生へのはげましのおたよりもお待ちしております。
〒113-0024 東京都文京区西片2-19-18 新書館
[編集部へのご意見・ご感想] ディアプラス編集部「Spring has come!」係
[先生方へのおたより] ディアプラス編集部気付 ○○先生

初 出
Spring has come!：小説DEAR+ Vol.4 (2000)
春の嵐：書き下ろし

新書館ディアプラス文庫

著者：**月村 奎** [つきむら・けい]
初版発行：**2001年 2月25日**

発行所：**株式会社新書館**
[編集] 〒113-0024 東京都文京区西片2-19-18 電話(03)3811-2631
[営業] 〒174-0043 東京都板橋区坂下1-22-14 電話(03)5970-3840
印刷・製本：**図書印刷株式会社**

定価はカバーに表示してあります。乱丁・落丁本はお取替えいたします。
ISBN4-403-52039-1

S H I N S H O K A N

ディアプラス文庫

定価各:本体560円+税

五百香ノエル Noel IOKA

「復刻の遺産〜THE Negative Legacy〜」 イラスト/おおや和美
「MYSTERIOUS DAM!①骸谷温泉殺人事件」イラスト/松本 花
「MYSTERIOUS DAM!②天秤座号殺人事件」イラスト/松本 花
「罪深く潔き懺悔」イラスト/上田信舟
「EASYロマンス」イラスト/沢田 翔

大槻 乾 Kan OHTSUKI

「初恋」イラスト/橘 皆無

桜木知沙子 Chisako SAKURAGI

「現在治療中①」イラスト/あとり硅子
「HEAVEN」イラスト/麻々原絵里依

篠野 碧 Midori SASAYA

「だから僕は溜息をつく」イラスト/みずき健
「リゾラバで行こう!」イラスト/みずき健

新堂奈槻 Natsuki SHINDOU

「君に会えてよかった①②」イラスト/蔵王大志
「ぼくはきみを好きになる?」イラスト/あとり硅子

菅野 彰 Akira SUGANO

「眠れない夜の子供」イラスト/石原 理
「愛がなければやってられない」イラスト/やまかみ梨由
「17才」 イラスト/坂井久仁江
「恐怖のダーリン♡」イラスト/山田睦月
「青春残酷物語」イラスト/山田睦月

鷹守諌也 Isaya TAKAMORI

「夜の声 冥々たり」イラスト/藍川さとる

新書館